张玉舰◎编著

新编对联故事集

安徽师范大学出版社
ANHUI NORMAL UNIVERSITY PRESS

·芜湖·

图书在版编目（CIP）数据

新编对联故事集 / 张玉舰编著 . —芜湖：安徽师范大学出版社，2023.8（2024.4 重印）
ISBN 978-7-5676-6145-5

Ⅰ . ①新… Ⅱ . ①张… Ⅲ . ①对联—作品集—中国 Ⅳ . ①I269

中国国家版本馆CIP数据核字（2023）第149251号

XINBIAN DUILIAN GUSHI JI
新编对联故事集
张玉舰◎编著

责任编辑：蒋　璐　　　　　　　责任校对：李慧芳
装帧设计：王晴晴　姚　远　　　责任印制：桑国磊
出版发行：安徽师范大学出版社
　　　　　芜湖市北京中路2号安徽师范大学赭山校区　　邮政编码：241000
网　　　址：http://www.ahnupress.com/
发 行 部：0553-3883578　5910327　5910310（传真）
印　　刷：江苏凤凰数码印务有限公司
版　　次：2023年8月第1版
印　　次：2024年4月第2次印刷
规　　格：700 mm × 1000 mm　1/16
印　　张：12
字　　数：181千字
书　　号：ISBN 978-7-5676-6145-5
定　　价：42.00元

凡发现图书有质量问题，请与我社联系（联系电话：0553-5910315）

卷首语

我国的对联故事主要源于历代笔记和口头传说。对联故事，说事述联，其情节相对简单，其内容呈现多样化，譬如有的讲述掌故，有的教授属对，有的讽喻劝勉，有的纯属文字游戏。它往往涉及历史、地理、民俗、农事等诸多领域，古往今来，深为广大群众所喜爱。

《新编对联故事集》以"妙对趣联"为准绳，精选对联故事300篇，由"卷一""卷二"两部分组成。其中卷二辑录"同联异话"150篇。

所谓"同联异话"，也就是一副对联，却有着不同的说道，这在对联故事中是一个非常奇特的现象。

本书除了对联外，所有故事均经过重新编辑和改写，在表述上务求简练流畅、生动有趣。另外需要说明的是，这些对联故事大多无据可考，因此不必从史实的角度去论证或引用。阅读，悦读。乐此者，若能从中得到一些乐趣，进而了解一些对联的基本知识，足矣！

本书附录民国版本《学对歌诀》。

目　录

◇ 卷　一

◆ 卷　二

附　录

卷一

1.李群玉巧对塾师句

风吹钟声花间过，又香又响；

月照萤灯竹畔明，且亮且凉。

唐朝诗人李群玉自幼能诗善对。这天晚上明月当空，凉风习习，塾师带着他外出散步。二人经过一片竹林，但闻花香阵阵，又听古刹钟声悠扬，塾师即兴出句："风吹钟声花间过，又香又响。"

李群玉环顾四周，见竹林中不时有萤火虫飞来飞去，遂对出下联："月照萤灯竹畔明，且亮且凉。"

塾师听罢，连称："妙对，妙对！"

2.孟昶写春联

新年纳余庆；

嘉节号长春。

古时候人们为了压邪祛灾，常在除夕之日，把两块桃木板立于门旁，谓之桃符。

这年除夕，五代后蜀皇帝孟昶，让翰林学士辛寅逊在桃符上题字，辛寅逊择吉祥语而为之。孟昶看罢，嫌其用词欠佳，遂自题："新年纳余庆；嘉节号长春。"

相传这是我国最早的一副春联。

3.杨亿巧对寇准句

水底日为天上日；

眼中人是面前人。

杨亿，北宋淳化进士，曾任工部侍郎等职。寇准，北宋太平兴国进士，曾任吏部尚书兼工部侍郎等职。

这天寇准与同僚戏作对子，寇准出句："水底日为天上日。"

这一出句信口拈来，看似简单，却颇具机巧。在场的人吟来吟去，也没能吟出下联。此时翰林学士杨亿来找寇准办事，寇准便请他应句。杨亿看了看寇准，当即对出下联："眼中人是面前人。"

寇准听罢，连称："好对，好对!"

4.晏殊问句

无可奈何花落去；

似曾相识燕归来。

北宋词人晏殊，这年来到扬州，住在大明寺中，见墙壁上有一首诗写得很好，听说作者叫王琪，就把他找来一起用餐。二人边吃边谈，心情特别舒畅。饭后又一同到池边游玩。时值晚春，落花遍地。晏殊说："我想了个句子写在墙上，已经一年了，还没有找到下联。"又说这个句子是："无可奈何花落去。"

王琪略一沉吟，便对出下联："似曾相识燕归来。"

晏殊听罢，连称"妙对，妙对"！后来，这两个句子被晏殊写入诗词，一是七律《假中示判官张寺丞王校勘》，一是《浣溪沙·一曲新词酒一杯》。

5.苏东坡写对联

识遍天下字；

读尽人间书。

发愤识遍天下字；

立志读尽人间书。

苏东坡少年时博览群书，才智过人，常常受到众人称赞。这天他在大门上贴了一副对联："识遍天下字；读尽人间书。"

过了几天，突然来了一个老翁，手里拿着一本书，说里面有几个不解之处，请苏东坡指教。苏东坡接过书本一看，顿时愣住了，他告诉老翁："这本书的名字，我还认不清哩！"至此，他才意识到自己写的那副对联，因表述不妥而产生了歧义，遂向老翁致歉，并重新书写了一副："发愤识遍天下字；立志读尽人间书。"

老翁看罢，连声称赞："这就对了，这就对了！"

北宋嘉祐时，苏东坡中了进士，曾任翰林学士、杭州知府等职。

6.苏东坡未对之对

游西湖，提锡壶，锡壶掉西湖，惜乎锡壶！

苏东坡曾任杭州知府。这天他应邀乘船游览西湖，其间，有一个歌伎提着锡壶为苏东坡倒酒，不慎将锡壶掉入湖中。此时，一个文人即景吟出上联："游西湖，提锡壶，锡壶掉西湖，惜乎锡壶！"

满船人听罢，皆称出句甚妙，但却无人应对，最后他们把目光投向苏东坡。苏东坡博学多识，擅长属对，这次他思考了半天，也没能对出下联。从此，这个上联就成了千古绝对，至今仍无以为对。

7.苏东坡戏佛印

> 向阳门第春常在；
>
> 积善人家庆有余。

佛印和尚不喜欢吃素。这天苏东坡去寺庙找佛印闲聊，佛印闻风而动，急忙将烹好的一条鱼用铜磬盖了起来。苏东坡心中暗笑，便若无其事地卖起关子来："我刚才看见一户人家的对联，好像是……"苏东坡稍微停顿了一下，接着就说出上联："向阳门第春常在。"

佛印知道这是一副常用联，遂应声说出下联："积善人家庆有余。"

苏东坡见佛印中了圈套，便继续追问："'磬'有'鱼'！何不拿出来尝尝呢？"说罢，苏东坡顺手掀开铜磬，把鱼端了出来。这时佛印才猛然醒悟，闹得他直抓头皮，哭笑不得。

8.谐音三巧句

> 无山得似巫山好；
>
> 何叶能如荷叶圆。

> 无山得似巫山好；
>
> 何水能如河水清。

这天佛印和尚邀苏东坡、苏辙兄弟二人到巫山赏景。其间，佛印即兴出了一个上联："无山得似巫山好。"

苏东坡略一沉吟，便对出下联："何叶能如荷叶圆。"

苏辙站在一旁，经过一番思考，走上前去对苏东坡说："下联不是很工巧，不如更换一下。"接着便说出下联："何水能如河水清。"

佛印听罢，认为苏辙对的比苏东坡好，又说以"水"对"山"比以"叶"对"山"更恰切。

9.佛印妙对苏小妹

人曾是僧，人弗能成佛？
女卑为婢，女又可称奴。

相传苏小妹是苏东坡的妹妹，也擅长属对。这天苏东坡同佛印和尚谈论佛事，躲在一旁的苏小妹听见佛印自吹自擂，便写了一个上联，叫使女拿给佛印对下联。这上联是："人曾是僧，人弗能成佛？"

佛印知道苏小妹在挖苦自己，遂写出下联："女卑为婢，女又可称奴。"

苏东坡看罢，连声称赞："上下联对仗工整，堪称妙对！"又说："如此反唇相讥，也算礼尚往来吧！"

10.苏小妹出句难新郎

闭门推出窗前月；
投石冲开水底天。

这天苏小妹欲试新郎秦少游之才，遂将其拒之门外，并说："我要出个上联，如果你对上了，才能进洞房。"这上联是："闭门推出窗前月。"

秦少游左思右想，半晌也没有对出下联。站在一旁的苏东坡，虽然替妹夫焦急，但又不便代劳，遂灵机一动，将一块石头投进水缸。秦少游听到"噗通"一声，顿时领悟，当即对出下联："投石冲开水底天。"

苏小妹闻声大喜，急忙迎秦少游步入洞房。

秦少游，北宋元丰进士，曾任太学博士、杭州通判等职。

11.秦少游妙对苏东坡

醉汉骑驴，颠头晃脑算酒账；

艄公摇橹，作揖打拱讨船钱。

这天苏东坡与秦少游同游，沿山路走到河边，见一个骑着驴的醉汉东摇西晃，苏东坡即兴出句："醉汉骑驴，颠头晃脑算酒账。"

秦少游听罢，抬头望见河里有一个船夫，正摆渡摇橹而来，遂对出下联："艄公摇橹，作揖打拱讨船钱。"

苏东坡闻对赞叹："好一幅联中之画啊！"

12.王安石改对联

月下杜鹃喉舌冷；

花前蝴蝶梦魂香。

啼月杜鹃喉舌冷；

眠花蝴蝶梦魂香。

王安石，北宋庆历进士，曾任舒州通判、参知政事等职。

这天苏东坡把苏小妹撰写的一副对联拿给王安石看。这副对联是："月下杜鹃喉舌冷；花前蝴蝶梦魂香。"

王安石看罢，认为个别地方用词不妥。他分析说："月下的杜鹃，如果闭着嘴飞，风吹不进喉舌，何以会'喉舌冷'？花前的蝴蝶，多半还是飞着的，并未睡熟，何以会'梦魂香'呢？"接着，王安石提起笔来，把"月下"改成"啼月"，又把"花前"改成了"眠花"。

苏东坡连声称赞："改得好，改得好！"

13. 黄庭坚妙对苏东坡

松下围棋，松子每随棋子落；

柳边垂钓，柳丝常伴钓丝悬。

黄庭坚，北宋治平进士，曾任秘书省校书郎、宣州知州等职。

这天苏东坡与黄庭坚在松下对弈，一阵清风吹来，将松子吹落到棋盘上。苏东坡触景生情，即兴出句："松下围棋，松子每随棋子落。"

黄庭坚抬头一望，见对岸湖边有一个渔翁正在柳下垂钓，便应声对出下联："柳边垂钓，柳丝常伴钓丝悬。"

苏东坡听罢，连称："妙对，妙对！"

14. 苏东坡妙对黄庭坚

晚霞映水，渔人争唱满江红；

朔雪飞空，农夫齐奏普天乐。

这天黄庭坚来苏东坡家做客，其间二人到河边散步，但见暮霭沉金，水天一色，又听渔歌唱晚，悠闲悦耳。黄庭坚触景生情，即兴吟出上联："晚霞映水，渔人争唱满江红。"

苏东坡听罢，则以春节时景对出下联："朔雪飞空，农夫齐奏普天乐。"

这副对联一语双关。"满江红"为词牌名，同时又用"满江红"来描绘"晚霞映水"景色。"普天乐"也是词牌名，瑞雪兆丰年，同时又用"普天乐"来描写喜庆场景。

15. 黄庭坚未对之对

驾一叶扁舟，荡两只桨，支三四片蓬，坐五六个客，过七里滩，到八里湖，离开九江，已有十里。

这天黄庭坚从九江启程，乘船顺江东下，途中遇到一个书生，二人结伴同行，相谈甚欢。其间，这个书生出了一个上联，嵌有一至十数，请黄庭坚试对下联。这上联是："驾一叶扁舟，荡两只桨，支三四片蓬，坐五六个客，过七里滩，到八里湖，离开九江，已有十里。"

黄庭坚深思良久，仍无以为对，最终也没有对出下联，这个上联遂成绝对。

16. 王彝巧对谐音联

天上星，地下薪，人中心，字义各别；
云间雁，檐前燕，篱边鹦，物类相同。

元末明初文学家王彝自幼敏慧，这天塾师出了一个上联，让他属对。这上联是："天上星，地下薪，人中心，字义各别。"

王彝听罢，突然看见一群大雁从云端飞过，又见燕子栖翔、雀鸟鸣落枝头，遂即景对出下联："云间雁，檐前燕，篱边鹦，物类相同。"

这是一副谐音联。上联"星""薪""心"谐音；下联"雁""燕""鹦"谐音，又同属于鸟类，显然比上联高出一筹。

17. 陶安对朱元璋句

枕眈典籍，与许多圣贤并头；
扇写江山，有一统乾坤在手。

陶安，元至正举人，曾任明道书院山长。明洪武时，命知制诰兼修国史。

明朝开国皇帝朱元璋素有"对联天子"之称。这天朱元璋见陶安以书作枕，遂出句："枕眈典籍，与许多圣贤并头。"

陶安见皇帝手摇扇子，上面画着山水，便即景对出下联："扇写江山，有一统乾坤在手。"

朱元璋听罢，顿时龙颜大悦。其后，又御题"社稷栋梁"相赠。

18.秀才对朱元璋句

千里为重，重水重山重庆府；

一人成大，大邦大国大明君。

这天朱元璋微服私访，途中遇见一个秀才，朱元璋问秀才家住何地？秀才说："四川重庆府。"朱元璋随即出句，让秀才试对下联。这出句是："千里为重，重水重山重庆府。"

秀才听罢，感觉这个人出句不凡，再仔细打量，又感觉这个人有天子气魄，心想，莫非他是当朝皇帝?! 接着对出下联："一人成大，大邦大国大明君。"

这副对联用析字修辞。上联"千里"合字为"重"，下联"一人"合字为"大"。用词奇巧，对仗工整，堪称妙对。

19.农夫对朱元璋句

一弯西子臂；

七窍比干心。

藕入泥中，玉管通地理；

荷出水面，朱笔点天文。

这天朱元璋微服私访，遇见一个卖藕的农夫，便凑上前去，从筐中取出一节嫩藕，即兴说了一句："一弯西子臂。"

这里"西子"指春秋西施。"西子臂"喻义嫩藕洁白干净。

农夫不知道说话的人是当朝皇帝，只觉得那是一句很好的上联，便顺口说了一个下联："七窍比干心。"

这里的"七窍"既用典，又喻义藕眼多。《论语·微子篇》载："比干谏而死。"比干是商纣王的叔父，曾力谏纣王，纣王勃然大怒："我听说圣人的心有七窍，将比干的心挖出来看看，是否这样？"

朱元璋没想到农夫还会对对子，接着又出了一个上联："藕入泥中，玉管通地理。"

农夫略一沉吟，又对出下联："荷出水面，朱笔点天文。"

20.朱元璋饮酒趣对

小酒店三杯五盏，没有东西；

大明国一统万方，不分南北。

这天朱元璋带着大臣刘三吾等人微服出游，时至中午，不知不觉已出城三十余里，忽见前方有数间茅屋，门前斜挂着一面小旗，上面写着"酒"字。朱元璋一行便走了进去，落座不久，掌柜将白酒、菜肴上齐。朱元璋喝下一口白酒，再看看桌上的几碟小菜，随口说了一句："小酒店三杯五盏，没有东西。"

刘三吾也有同感，只是在皇帝面前不敢吱声罢了。此时，小酒店掌柜走了过来，接上话茬，来了一句："大明国一统万方，不分南北。"

朱元璋听罢，满肚子的怨气全都消了，只见他端起酒杯，一饮而尽。事后，掌柜才知道这是当朝皇帝，遂请人把这副对联书写出来，郑重其事地贴在店内，许多人慕名前来观赏，小酒店生意越来越兴隆。

21.解缙巧应句

千年老树为衣架；

万里长江作浴盆。

天作棋盘星作子，谁人敢下？

地当琵琶路当弦，哪个能弹？

明洪武进士解缙，从小就勤奋好学，喜爱吟诗作对。这天他随父亲去江边洗澡，父亲将衣衫挂在树上，便即景出了一个上联："千年老树为衣架。"

解缙听罢，当即对出下联："万里长江作浴盆。"

这天解缙的父亲和友人下棋，友人即兴出句："天作棋盘星作子，谁人敢下？"

解缙的父亲一时没有想出对句。恰巧这时解缙站在一旁，他听到出句，略一沉吟，便对出下联："地当琵琶路当弦，哪个能弹？"

22.解缙答问

严父肩挑日月；

慈母手转乾坤。

这天解缙去求教一位官绅，官绅问他的父母是干什么的，解缙巧用一副对联回答说："严父肩挑日月；慈母手转乾坤。"

官绅不解其意。解缙则解释说："我家是开豆腐坊的，父亲日夜担水，母亲每天推磨。"

23.解缙添字联

门对千竿竹；
家藏万卷书。

门对千竿竹短；
家藏万卷书长。

门对千竿竹短无；
家藏万卷书长有。

解缙小时候居住乡间，其门正对着一个财主家。有一年春节，解缙写了一副对联贴在自家门上。这对联是："门对千竿竹；家藏万卷书。"

财主宅前屋后遍植翠竹，当他看到这副对联后顿时大怒，认为这是在奚落他胸无文墨，不学无术，遂让家人将竹子拦腰斩断，心想没有"千竿竹"，你那副对联也就名不副实了。翌日，解缙见对面竹子只剩半截，便想出应对办法，在上联末尾添了一个"短"字，在下联末尾添了一个"长"字。这次财主更加恼火，他让家人把竹子连根铲除。解缙见此情景，又在上联末尾添了一个"无"字，在下联末尾添了一个"有"字。至此，财主再也没有什么办法了。

24.解缙讥斥权贵联

二猿断木深山中，小猴子也敢对锯？
一马陷足污泥内，老畜牲怎能出蹄！

解缙中了进士，在京城做官，因直言敢谏而得罪了一些人。这天有一个权贵策划了一场宴会，解缙应邀赴宴。在宴会上，这个权贵对解缙说：

"老夫有一个上联，百思无对，不知解学士可否指教？"这上联是："二猿断木深山中，小猴子也敢对锯？"

解缙听罢，知道这是在羞辱自己，遂反唇相讥，对出下联："一马陷足污泥内，老畜牲怎能出蹄！"

这副对联用谐音双关修辞。上联"锯"实指"句"字，下联"蹄"实指"题"字。

25.解缙回赠举人联

牛跑驴跑，跑不过马；
鸡飞鸭飞，飞不过鹰。

墙上芦苇，头重脚轻根底浅；
山间竹笋，嘴尖皮厚腹中空。

这年解缙辞官归乡，悉心讲学。有一天家里来了一个举人，自恃有才，想找解缙谈谈属对。举人说："我昨天撰了一副对联，请解公指点。"这对联是："牛跑驴跑，跑不过马；鸡飞鸭飞，飞不过鹰。"

解缙听罢，心想这么浅俗的对联，竟然出自一个举人之口。但碍于情面，又不能当面说出来，遂告诉他："我有对联相赠。"说罢就把昨天刚刚写好的一副对联送给了举人。这对联是："墙上芦苇，头重脚轻根底浅；山间竹笋，嘴尖皮厚腹中空。"

举人看罢，顿时面红耳赤，连忙作揖而去。

26.秀才对朱棣句

灯明月明，灯月长明，大明一统；
君乐民乐，君民同乐，永乐万年。

这年元宵节，明成祖朱棣微服出游，途中遇见一个秀才，二人谈得颇为投机，朱棣欲试其才，便出了一个上联："灯明月明，灯月长明，大明一统。"

秀才听罢，猜测出句人应该是王公贵族，经慎重思考，遂对出下联："君乐民乐，君民同乐，永乐万年。"

"永乐"是明成祖年号。朱棣喜形于色，当即赏银十两，以资奖励。

27.状元巧对皇帝联

> 纸扇画梅，时时迎风花不谢；
>
> 缎鞋绣菊，朝朝赐露蕊难开。

明朝永乐时，马铎中了进士，这天参加殿试，皇帝手持梅花纸扇，当场出了一个上联："纸扇画梅，时时迎风花不谢。"

马铎略一沉吟，便对出下联："缎鞋绣菊，朝朝赐露蕊难开。"

皇帝听罢，赞叹不已，遂钦定马铎为新科状元，授翰林院编撰。事后，有人问马铎："您对对子有何诀窍呢？"马铎笑着回答说："我长在农村，一天晨读山间，见一农家女踩露水而过，鞋头菊花绣得别致，从此留下深刻印象，殿试时想了起来，仅此而已。"

28.于谦巧对下联

> 今朝同上凤凰台；
>
> 他年独占麒麟阁。

明永乐进士于谦，自幼才华出众，文思敏捷。这年清明节，他跟随父亲、叔父去凤凰台游玩，叔父即景生情，遂出句："今朝同上凤凰台。"

于谦听罢，略一沉吟，便对出下联："他年独占麒麟阁。"

父亲既惊又喜，没想到于谦小小年纪，竟然有偌大志向。

29.万安巧对合字联

日出东，月出西，天上生成明字；

子居右，女居左，世间定配好人。

明正统进士万安，小时候是个聪明伶俐的孩子。他不但勤学好问，而且特别擅长对对子。这天他家中来了一个客人，说早年拟好了一个上联，但始终没有找到合适的下联，想让万安试对下联。这上联是："日出东，月出西，天上生成明字。"

万安听罢，知道这是一个合字联，其"日""月"为"明"字偏旁，合为"明"字。由此他想到"好"字，略一沉吟，便对出下联："子居右，女居左，世间定配好人。"

30.一副戏谑联

海南地暖难容雪；

湖北山高不见丘。

丘濬，明景泰进士，曾任国子监祭酒、礼部尚书等职。

这天一个姓薛的荆楚才子前来丘府拜访。丘濬籍贯海南，为人诙谐，便笑着出了一个上联："海南地暖难容雪。"

薛才子听罢，知道丘濬话中有话，遂朗声唱和："湖北山高不见丘。"

这副对联用谐音双关修辞。"雪"谐音"薛"，实指薛才子。"丘"实指丘濬。

丘濬、薛才子二人互相戏谑，言毕握手叫好。

31.程敏政应对

螃蟹一身鳞甲；
凤凰遍体文章。

螃蟹一身鳞甲；
蜘蛛满腹经纶。

因荷而得藕；
有杏不须梅。

程敏政，明成化进士，曾任礼部右侍郎。

相传程敏政自幼聪慧，曾以神童著称。这年他刚满十岁，便被四川巡抚罗绮推荐给朝廷。有一天，皇帝把程敏政叫到皇宫中，想考考他。此时，恰逢直隶总督进贡螃蟹，皇帝即兴出句："螃蟹一身鳞甲。"

程敏政听罢，应声对出下联："凤凰遍体文章。"

皇帝赞赏有加，说："这个小童子非等闲之辈。"又说："'凤凰''文章'用词得体，'文章'既指花纹，又指文采、学问。"程敏政见皇帝夸奖自己，接着又对出一个下联："蜘蛛满腹经纶。"

皇帝命程敏政留在翰林院读书。后来，翰林院学士李贤想把女儿许配给程敏政。有一次，李贤在宴席上指着莲藕出了一个上联，让程敏政对下联。这上联是："因荷而得藕。"

程敏政瞧瞧筵席上的杏和梅，略一沉吟，便对出下联："有杏不须梅。"

这副对联以谐音双关修辞，其中"荷"谐音"何"，"藕"谐音"偶"，"杏"谐音"幸"，"梅"谐音"媒"。出句、对句均以谐音表达自己心意，令四座惊叹。李贤遂将女儿许配给了程敏政。

32.曹宗续对

东楼三，西楼四，更鼓朦胧，朦胧更鼓；

南斗六，北斗七，诸星灿烂，灿烂诸星。

明成化举人曹宗，七八岁便能吟诗作对，且远近闻名。这天城东门更夫因喝酒打错了更鼓，监吏要处罚他，更夫再三求饶。监吏喜欢吟诗作对，便说："好吧！我出上联，你若能对上，就饶你；对不上，罚四十大板。"这上联是："东楼三，西楼四，更鼓朦胧，朦胧更鼓。"

更夫不会吟诗作对，急忙跑到曹宗家中求教。曹宗闻之，遂代拟对句："南斗六，北斗七，诸星灿烂，灿烂诸星。"

更夫如获至宝，赶忙应答监吏去了。

33.唐伯虎对下联

无锡锡山山无锡；

平湖湖水水平湖。

唐伯虎，明弘治举人，曾因科场舞弊案入狱，以诗书画著称。

这年春天，唐伯虎来无锡游玩，当地一些文人墨客听说后，纷纷前来找他切磋诗书画艺，其中有人即兴出句，让唐伯虎试对下联。这出句是："无锡锡山山无锡。"

唐伯虎稍加思考，便以平湖县地名对出下联："平湖湖水水平湖。"

在场的人听罢，无不拍手称妙。

34.唐伯虎写对联

生意如春意；

财源似水源。

门前生意，好似夏夜蚊虫，群进群出；

柜里铜钱，犹如冬天虱子，越捉越多。

这天有一个商人找到唐伯虎，求他为自己新开的铺子写副对联。唐伯虎稍加思考，便写了一副通用联："生意如春意；财源似水源。"

商人嫌字数太少，要求重写。唐伯虎心中不悦，但又不便当面明说，于是又写了一副："门前生意，好似夏夜蚊虫，群进群出；柜里铜钱，犹如冬天虱子，越捉越多。"

商人看罢，顿时喜形于色，连称："妙联，妙联，正合我意！"临走时又说："看来我真要发财了。"

35.庄子与汉书

眼前一簇园林，谁家庄子？

壁上两行文字，哪个汉书？

这天唐伯虎邀请画家陈白阳到郊外游玩，两人商定在路上对对子，并约定到了酒馆，谁没对上，谁就请客喝酒。唐伯虎率先吟出上联："眼前一簇园林，谁家庄子？"

陈白阳认为这个上联很难对。"庄子"既可以是一个书名，又可以指一个村庄，因此直到进了酒馆，他还没有对出下联，只好请客喝酒。陈白阳刚刚落座，抬头看见酒馆的墙壁上写着两行大字："杜康传技，太白遗风。"陈白阳触景生情，忙对唐伯虎说："我对上了！"陈白阳对的下联是："壁上两行文字，哪个汉书？"

"汉书"既可以是一个书名，又可以指是哪个汉子书写的。同样一个词，却有双重含义。唐伯虎笑着说："此乃妙对趣联也。可惜你没有及时对上啊！"

36.唐伯虎对祝枝山句

> 七里山塘，行到半塘三里半；
> 九溪蛮洞，经过中洞五溪中。

祝枝山，明弘治举人，善诗文书画，曾任应天府通判等职。

苏州城外山塘长约七里地。有一次，唐伯虎和祝枝山沿着山塘游春，中间经过半塘村，祝枝山即景出句，让唐伯虎对出下联。这出句是："七里山塘，行到半塘三里半。"

唐伯虎听罢，沉吟半晌也没有对出下联。接着，他们又去了九溪蛮洞，唐伯虎触景生情，遂得对句："九溪蛮洞，经过中洞五溪中。"

"九溪"折半是四溪半。"五溪"是两个"四溪半"的交汇处。"中洞五溪"也就是"四溪半"的位置。"半塘"是村名，如果"中洞"是地名，那么下联对得也就十分工整了。

37.唐伯虎妙对祝枝山

> 水车车水，水随车，车停水止；
> 风扇扇风，风出扇，扇动风生。

这天唐伯虎和祝枝山去乡村采风，看到农夫用水车汲水浇地，祝枝山即景出句："水车车水，水随车，车停水止。"

唐伯虎听罢，遂将折扇打开，一边扇着，一边对出下联："风扇扇风，风出扇，扇动风生。"

"如此妙对，非采风不可得也。"祝枝山说罢，便哈哈大笑起来。

38.祝枝山戏师爷

三塔寺前三座塔；

五台山上五层台。

三塔寺前三座塔，塔塔塔。

这天祝枝山与徐子健相遇，二人相约属对。徐子健是个老秀才，在县衙做师爷，自恃有才，常夸口说没有他对不上的对子。这次祝枝山出了一个上联：“三塔寺前三座塔。”

师爷听罢，心想这也太容易了，张口便对出下联：“五台山上五层台。”

祝枝山连忙摇摇手，又急着补充说：“且慢！我这个上联还要加几个字。”说罢又重新出了一个上联：“三塔寺前三座塔，塔塔塔。”

“这有何难？”师爷不假思索，顺口说道：“五台山上五层台，台台台……”至此，他才知道中了祝枝山的圈套。因为无论如何也“台”不下去了。若以三个“台”字对三个“塔”字，便少了两个台；若以五个“台”字对三个“塔”字又多出两个。祝枝山笑着问：“还能对上吗?”这次师爷只好认输了。

39.伦文叙妙对猎户

鸦到丫枝，丫折鸦飞丫落地；

豹过炮口，炮响豹走炮冲天。

明朝有个少年才子叫伦文叙，字伯畴。伯畴自幼勤奋好学，过目不忘，在乡里很有名气。这天伯畴外出游玩，在村外冈上遇见一个青年猎户，猎户见是伯畴，便说：“伯畴兄弟，难得在此相会，我们用属对解解闷吧！我出上联，你对下联。"接着，猎户吟出上联："鸦到丫枝，丫折鸦飞丫落地。"

伯畴听了猎户的上联，知道他今天打猎一无所获，便吟出下联："豹过炮口，炮响豹走炮冲天。"

说罢，两人对视一笑，然后手拉着手向冈下走去。

弘治时，伯畴参加会试和殿试，皆名列榜首，中了状元。

40.顾鼎臣幼年妙对

花坞春晴，鸟韵奏成无孔笛；

树庭日暮，蝉声弹出不弦琴。

柳线莺梭，织就江南三月景；

云笺雁字，传来塞北九秋书。

明弘治状元顾鼎臣，幼时聪明，常有妙语。这天塾师出了一个上联，让他对下联。这上联是："花坞春晴，鸟韵奏成无孔笛。"

顾鼎臣稍加思考，便对出下联："树庭日暮，蝉声弹出不弦琴。"

顾鼎臣将蝉声比喻成无弦的琴声，别出心裁。塾师听罢，十分满意。

这天顾鼎臣的父亲又出了一个上联，让他应对。这上联是："柳线莺梭，织就江南三月景。"

顾鼎臣略一沉吟，又对出下联："云笺雁字，传来塞北九秋书。"

41.杨升庵巧对客人

杨花乱落，眼花错认雪花飞；

竹影徐摇，心影误疑云影过。

明正德状元杨升庵，幼时被誉为神童。这天他家来了一位客人，说要见识见识杨升庵。此时，杨升庵正在外边玩耍，父亲便把他叫进屋来。客人见杨升庵身上落着杨絮，遂以"杨絮"为题出句："杨花乱落，眼花错认雪花飞。"

杨升庵看了一眼屋外的竹子，没费心神，便对出下联："竹影徐摇，心影误疑云影过。"

杨升庵的父亲杨廷和时任翰林院经筵讲官，听到下联，顿时喜形于色，客人也连声称赞，说杨升庵"才思敏捷，对得好，对得好"！

42.戴大宾对举人句

月圆；

风扁。

凤鸣；

牛舞。

明正德进士戴大宾，少时被誉为神童。这天有位举人来到他家，想欲试其才，遂出句让他属对。这出句是："月圆。"

戴大宾当即应对："风扁。"

举人掩口而笑，问"风怎么是扁的呢"？戴大宾辩解说："风乃无影之物，见缝就钻，门缝之风，岂不是扁的吗！"

举人又出句道："凤鸣。"

戴大宾略一沉吟，又应对道："牛舞。"

"牛怎么能舞呢？想必是博学多才的戴公子露丑了！"举人不解其意。戴大宾却不慌不忙地解释说："古书上有'百兽齐舞'之说，难道这牛不在百兽之中吗？"举人见戴大宾对答如流，立意奇巧，心中不禁赞叹："文思敏捷，真神童也。"

43.戴大宾对秀才句

未老思阁老；

无才做秀才。

戴大宾十三岁时参加乡试，众人见他年纪小，便笑着问他："你要做到什么官呢？"戴大宾回答说："阁老。"阁老是宰相。在场的一位秀才见他人小口气大，便戏谑道："未老思阁老。"

戴大宾眉头一皱，应声回敬了一句："无才做秀才。"

众人听罢，哈哈大笑起来。

44.吴文之巧对顶针联

桑养蚕，蚕结茧，茧抽丝，丝成锦绣；

草藏兔，兔生毫，毫扎笔，笔写文章。

吴文之，明正德进士，选翰林院庶吉士。

幼年吴文之聪颖好学，思维敏锐。这天他家来了一个客人，见养了很多蚕，便顺口出句："桑养蚕，蚕结茧，茧抽丝，丝成锦绣。"

吴文之闻言，当即对句："草藏兔，兔生毫，毫扎笔，笔写文章。"

客人闻对，惊喜异常。

这副对联从第二句起，均以前句句尾字作为后句句首字，使相邻的两个句子首尾相连，一气呵成，此中修辞方式谓之顶针，亦称连珠。

45.李元阳出句

和尚正法，提汤上坛，大意失手，汤淌烫坛；

裁缝老徐，与妻下棋，不觉漏眼，妻起弃棋。

明嘉靖进士李元阳，这天与学生共游佛寺，见和尚们正在修塔，恰巧又见小和尚正法送水来到塔坛之上，李元阳即景出句："和尚正法，提汤上坛，大意失手，汤淌烫坛。"

李元阳让学生应对，学生想了半天也没有对出下联。他们返回途中，见裁缝铺徐裁缝正与妻子下棋，遂走了过去。此时，徐裁缝的妻子却含羞地站了起来，她对丈夫说："你下棋漏眼，我不和你下了。"

学生从中得到启发，这才对出下联："裁缝老徐，与妻下棋，不觉漏眼，妻起弃棋。"

46.朱载堉对塾师联

> 风吹皂角，一树音乐角对角；
> 水冲石头，两岸歌声头碰头。

朱载堉是明朝开国皇帝朱元璋的第九世孙。他五岁时入私塾读书，因天资聪颖，且用心学习，很受塾师器重。这天塾师外出办事，因担心学童贪玩闹事，便想着留个对子让他们对对。正在思考之际，忽然一阵风起，吹到皂角树上，"呼啦呼啦"，塾师当即吟出上联："风吹皂角，一树音乐角对角。"

此时正值三伏天，赤日炎炎似火烧，学馆里像个蒸笼，朱载堉提出先去外面洗个澡，然后再对对子。

学馆的附近正好有一条河，朱载堉率先跳到河里，他边洗澡边寻思对句。猛然间，一股溪水注入河中，河水冲击着鹅卵石，其声久远，其音袅袅，犹如山歌小调，悦耳动听。朱载堉触景生情，遂吟出下联："水冲石头，两岸歌声头碰头。"

学童们返回学馆，正赶上塾师回来，塾师听完朱载堉的对句，当即笑逐颜开，并连声称赞："对得好，对得妙！"

47.孙传庭巧对主考官

小童生抱柱头，团团转转；

老学究改文章，点点圈圈。

石狮子带铃不响；

瓦猫头有眼无珠。

孙传庭自幼勤奋好学，在当地被称为小神童。这年有一个乡试主考官想试试他的才学，便差人把他领到县衙。孙传庭刚到时，四处张望，处处觉得新奇。他看到大堂中立着几个顶梁柱，便抱着柱子转起圈来。恰在这时，主考官来了，遂即兴出句："小童生抱柱头，团团转转。"

孙传庭稍加思考，便对出下联："老学究改文章，点点圈圈。"

接着，孙传庭又跑到门外，围着石狮子打转转。主考官见状又出句："石狮子带铃不响。"

此时，孙传庭只顾玩耍，不再用心对对子。主考官以为他对不上，便下结论说："小神童不过如此。"孙传庭一听这话，指了指屋檐上的猫头瓦，当即对出下联："瓦猫头有眼无珠。"

主考官听罢，不但没有训斥孙传庭，而且还点头称赞说："孺子可教，孺子可教！"

明万历时，孙传庭考中进士，曾任陕西巡抚、陕西三边总督等职。

48.宰相和状元趣对

宠宰宿寒家，穷窗寂寞；

客官寓宫宦，富室宽容。

七鸭浮塘，数数数三双一只；

尺鱼跃水，量量量九寸十分。

明朝天启时，宰相叶向高路过福州，留宿新科状元翁正春家，翁正春即兴出句："宠宰宿寒家，穷窗寂寞。"

这个出句全是"宝盖头"字。叶向高先是一惊，接着对出下联："客官寓宫宦，富室宽容。"

第二天，翁正春为叶向高送行，经过池塘时，叶向高说："昨天翁公谦称'穷窗寂寞'，我看未必。"稍微停顿了一下，他指着池塘，说了声"你看"，又出了一个上联："七鸭浮塘，数数数三双一只。"

翁正春一听宰相出句了，略一沉吟，便对出下联："尺鱼跃水，量量量九寸十分。"

说罢，二人相视大笑。

49.李自成续对明志

雨过天明，顷刻呈来新境界；
日昏月暗，须臾不见旧江山。

明朝崇祯时，李自成创建大顺国。相传他十六岁那年，有一天傍晚，塾师见雨过天晴，便即景出句，让李自成应对。这出句是："雨过天明，顷刻呈来新境界。"

李自成正为下联犯愁。霎那间，狂风骤起，云遮月暗，李自成触景生情，遂吟出下联："日昏月暗，须臾不见旧江山。"

塾师听罢，连忙夸赞，说对句"气势豪迈"，又说李自成"非凡人可比"。

50.秀才考场应句

太公钓鱼渭水；

老子睡觉龙潭。

明朝湖南有个秀才参加乡试，行至龙潭，因逢大雨，便住了下来。翌日，他如期赶到考场，展卷一看，第一道题是属对题，让考生对出下联。这道题出句是："太公钓鱼渭水。"

说来也巧，快到交卷时，秀才想起自己曾因大雨住宿龙潭，遂灵机一动，匆忙写出下联："老子睡觉龙潭。"

秀才自称"老子"，纯属发牢骚、说怪话。没想到主考官阅卷时却给出好评："老子于龙潭睡觉一事，我熟读史书尚不知晓，该秀才竟如此熟悉，可见其学问之高深。"主考官误以为对句中的"老子"就是"道家学派创始人老耳"，并且给了高分。

在这次乡试中，秀才歪打正着，竟然中了举人。

51.合肥知县巧应对

合肥知县因何瘦？

芜湖典史怎多须？

相传明朝一位合肥知县，瘦骨嶙峋。这天一位钦差大臣来访，见状便戏谑道："合肥知县因何瘦？"

恰巧芜湖典史因公务到来，其人多须，合肥知县一见，当即对出下联："芜湖典史怎多须？"

"芜湖"既是地名，又谐音"无胡"。说罢，三人哈哈大笑起来。

52.文素臣戏对名联

三光日月星；

四诗风雅颂。

三光日月星；

五脏脾肺肾。

明朝书生文素臣是个落第秀才，相传他少有奇思，闻名乡里。这天他听文客们正在夸赞一副对联，说这副对联怎么怎么好，对仗工整、恰切，还说下句出自北宋苏东坡之口。这副对联是："三光日月星；四诗风雅颂。"

此时，文素臣插话说："像苏东坡这样的对法，我都可以对出好几个。"文客们见他小小年纪，口气却这么大，便有人趁机嘲讽道："那你对一个来听听。"文素臣当即来了一个对句："五脏脾肺肾。"

文客们说："五脏还有心肝呢！"文素臣辩解道："我说的这个人尽做坏事，没有心肝。"大家听罢，哄堂大笑。

53.且停亭对联

名乎利乎，道路奔波休碌碌；

来者往者，溪山清静且停停。

李渔，明朝庠生，明末清初文学家、戏剧家。

相传李渔在自己家乡牵头修造了一座过路凉亭，财主李富贵出钱最多。凉亭落成那天，李富贵提出要给亭子起个名，便对李渔说："谁先想好了名字，就用谁的。"李渔漫不经心地说了三个字："且停亭。"李富贵听了，连忙抢着说："你还要停停，我早就想好了，叫'富贵亭'！"李渔见他如此狂妄，遂反驳说："我不是先说了吗？叫'且停亭'。我还给亭子写了一副对联哩!"接着,便吟出对联:"名乎利乎,道路奔波休碌碌;来者往者,溪山清静且停停。"

李富贵听罢,只得灰溜溜地离去了。后来,这过路凉亭的名字就叫"且停亭"。

54.李渔为道观题联

天下名山僧占多,也该留一二奇峰,栖吾道友;
世间好语佛说尽,谁识得五千妙谛,出我先师。

明末清初,相传佛、道两家在庐山争夺地盘,后来仅存一座简寂观。这年佛僧企图撤并简寂观。简寂观由李渔堂叔李道士住持。李渔愤愤不平,写了一副对联,挂在简寂观老君殿上。这副对联是:"天下名山僧占多,也该留一二奇峰,栖吾道友;世间好语佛说尽,谁识得五千妙谛,出我先师。"

佛僧看到这副对联,知道李渔名气不小,也就没敢轻举妄动。

这副对联中的"五千妙谛",指老子《道德经》,亦称《老子五千言》。道教奉老子为始祖。

55.李渔巧对方丈联

有月即登台,无论春夏秋冬;
是风皆入座,不分南北东西。

李渔和扬州桃花庵方丈慧远过往甚密,他俩经常在一起吟诗作对。桃花庵有一座高台,叫译经台,这天晚上二人登台赏月,慧远即兴出句:"有月即登台,无论春夏秋冬。"

李渔接着吟出下联:"是风皆入座,不分南北东西。"

说罢,二人相视一笑。

56.李渔写对联

养猪头头大老鼠，只只死；

酿酒缸缸好做醋，坛坛酸。

养猪头头大，老鼠只只死；

酿酒缸缸好，做醋坛坛酸。

这年李渔应邀给老财主写了一副对联，老财主看后大怒，遂将其告到县衙。这天知县升堂会审，李渔申辩说："我写的是一副吉庆之联！"老财主听罢，当堂反问李渔："这是吉庆之联吗？"接着便将这副对联念了出来："养猪头头大老鼠，只只死；酿酒缸缸好做醋，坛坛酸。"

李渔哈哈大笑，说应该这样读："养猪头头大，老鼠只只死；酿酒缸缸好，做醋坛坛酸。"

老财主听罢，顿时目瞪口呆。此时，知县也左右为难，只得劝慰老财主，说："这是一副歧义联，一般人不易识读。"

57.金圣叹巧撰时令联

天上月圆，人间月半，月月月圆逢月半；

今夜年尾，明朝年头，年年年尾接年头。

金圣叹，明朝庠生，明末清初文学批评家。

这年中秋节，金圣叹在自家庭院赏月，偶得上联："天上月圆，人间月半，月月月圆逢月半。"

这上联信手拈来，下联却苦思不得。第二天，他把上联写好，贴在案头，从此天天琢磨。一晃到了大年除夕夜，全家团圆守岁。妻子说："今夜是最后一天，明日又是一年的开头。"金圣叹听罢，突然跳了起来，连呼："下联有了，下联有了！"遂当即提笔写了下联："今夜年尾，明朝年头，年年年尾接年头。"

58.在茶馆对对子

母鸡下蛋，谷多谷多，只有一个；
小鸟上树，酒醉酒醉，并无半杯。

上素月公饼；
中糖云片糕。

这天金圣叹到茶馆吃早茶，见邻桌客人正在谈论对对子，其中一人率先出句："母鸡下蛋，谷多谷多，只有一个。"

接着，另一个人拿起杯子，摇头晃脑来了一句："小鸟上树，酒醉酒醉，并无半杯。"

大家拍案齐赞，说不愧为先生也。原来应对者是当地塾师，很有名望。稍后，他又指着盘中饼说："我也来个出句，你们对对。"这出句是："上素月公饼。"

其他人听罢，个个抓耳挠腮，吟来吟去，也没有对出下联。此时，金圣叹正在一旁吃云片糕，便不由自主地来了一句："中糖云片糕。"

金圣叹话音刚落，大家纷纷点头称妙。

"上素"本指月公饼料，在当地方言中谐音"尚书"，尚书是官衔名。"中糖"本指云片糕料，又与"中堂"谐音，中堂也是官衔名。"云片糕"正好对"月公饼"。按照谐音，中堂对尚书，词义恰切。

59.一百春联

地下七十二大贤，贤贤易色；
天上二十八星宿，宿宿皆春。

这年除夕之夜，清康熙帝命文渊阁大学士李光地撰写"一百春联"，用来更换皇宫旧对。李光地不敢推辞，然时间紧迫，日夜愁思。恰巧他的弟弟李光坡来京暂住，闻后愿为代劳。李光坡虽然答应了，但却始终没有动笔之意，整天外出游玩，直到除夕前一天才写了一副春联："地下七十二大贤，贤贤易色；天上二十八星宿，宿宿皆春。"

李光地将这副春联呈送给皇帝。皇帝看罢，连呼"奇才，奇才"！

原来，这副春联运用了数字叠加修辞，"七十二"加"二十八"正好是"一百春联"。

60.周渔璜招亲联

桃李花开，一树胭脂一树粉；

柑橘果熟，满枝翡翠满枝全。

清康熙进士周渔璜自幼聪慧，才华出众，当地有不少人到周家说媒提亲。这天周渔璜出了一个上联交给父亲，说谁能对上，便与谁成亲。这上联是："桃李花开，一树胭脂一树粉。"

周渔璜出妙联招亲的事传出去之后，许多姑娘应对不成。后来，却被一位跛脚姑娘对上了："柑橘果熟，满枝翡翠满枝全。"

周渔璜接到对句，心中非常高兴，庆幸自己遇到了知音。然而他父亲却嫌这位姑娘跛脚，坚决不同意这门亲事。周渔璜说："三国时诸葛亮娶妻，就不是以貌取人，而是重才，其妻虽然长得丑陋，但满腹智谋，成了诸葛亮的贤内助。这个姑娘虽有残疾，但才学不凡，我愿与她结为百年之好。"

在周渔璜的坚持下，他父亲终于同意了这门婚事。

61.元宵节趣联

高燃红烛映长天，亮，光铺满地；

低点花炮震大地，响，气吐冲天。

玉宇无尘一轮月；

银花有艳万点灯。

清朝康熙时，安徽桐城人张英、张廷玉父子先后中进士，遂以"父子双学士，老少二宰相"闻名乡里。父子二人皆才思敏捷，能诗善对。这年元宵节，张府照例张灯结彩，燃放鞭炮，主宾把酒唱和，属对为乐。老宰相张英即兴出句："高燃红烛映长天，亮，光铺满地。"

张廷玉以"花炮"为题，接着对出下联："低点花炮震大地，响，气吐冲天。"

老宰相心中高兴，又出句："玉宇无尘一轮月。"

张廷玉略一沉吟，又对出下联："银花有艳万点灯。"

众人听罢，皆拍手称赞："妙对，妙对！"

62.牧羊女对才子联

白水泉三口为品；

山石岩二木成林。

清朝康熙时，山西出了一个才子，名叫裴律，能诗善对，远近闻名。这天风清日和，裴律来到一座山坡上，见一群白山羊正在泉边饮水。此时，由"白"由"水"，他想到了"泉"字，闪念间偶得上联，甚为得意，遂提高嗓门，大声朗读道："白水泉三口为品。"

忽然一阵笑声传来。裴律回头一看，原来是一个牧羊女在瞅着他笑。

裴律没好气地说了一句："你有本事说出下联来!"

牧羊女莞尔一笑，当即对出下联："山石岩二木成林。"

裴律始料不及，十分惊讶，一个牧羊女都有这般才华，真是山外有山，人外有人啊!

这是一副析字联，或称合字联，上联"白""水"合为"泉"字，"三口"合为"品"字。下联"山""石"合为"岩"字，"二木"合为"林"字。

63. 乾隆帝出句

烟锁池塘柳；

炮镇海城楼。

这年清乾隆帝南巡来到江宁府，恰逢江南贡院举办乡试，听闻两名举子成绩不分上下，乾隆帝遂出句复试。这出句是："烟锁池塘柳。"

其中一个举子看到出句，二话没说，扭头就走；另一个举子想了半天，也没有对出下联，只好悻悻而去。稍后，乾隆帝把先走的那个举子，钦点为第一名。主考官不解其意。乾隆帝说："朕出此句，实乃绝对，谁人能对? 一眼就能断定者，必高才也。"

乾隆帝出句中的五个字，嵌五行"火、金、水、土、木"为偏旁，且意境极妙，因此对起来颇具难度，甚至无以为对。

后来，奉天府海城知县在城楼看到铁铸大炮，忽然想起这个上联，遂对出下联："炮镇海城楼。"

64. 村童戏答乾隆帝

三个铜钱贺喜，嫌少勿收，收则爱财；

两间茅屋待客，怕穷莫来，来者好吃。

相传清乾隆帝下江南时，见一农户家正在操办喜事，遂灵机一动，叫侍从送去三个铜钱，并附上半副对联："三个铜钱贺喜，嫌少勿收，收则爱财。"

乾隆帝原本想用这个两难式出句，为喜事添点笑谈。谁知这家有个小孩正在读私塾，而且很会对对子。这个小孩当即写出下联，让侍从带了回来。这下联是："两间茅屋待客，怕穷莫来，来者好吃。"

乾隆帝看罢，反倒左右为难了。

65.阮元答皇帝联

阮元何故无双耳？

伊尹从来只一人。

相传清乾隆帝南巡时偶遇阮元，那时阮元还没有中进士，乾隆帝认为"阮元"有趣，遂出句："阮元何故无双耳？"

阮元听罢，当即对出下联："伊尹从来只一人。"

"阮元"仅"阮"字有左耳旁，故言"无双耳"。"伊尹"为商朝贤臣，"伊"有单人旁，"尹"字则无，故言"只一人"。

66.阮元趣对

难付千金，诸子百家仍躺架；

纵观万卷，一目十行已藏胸。

阮元幼时酷爱读书，因家境贫寒，经常到城内一家书铺看书，但很少买书。这次书铺掌柜问他："你看了许多书，难道一本都不中意吗？"阮元回答说："我看过的书都已记住了，因此就不用再买了。"掌柜有点不信，顺手拿出阮元看过的《易经》，让他背诵开头几句。阮元静下心来，一口气背了好几页。掌柜又让他以"买书"为题作副对子，阮元稍加思考，便吟出一联："难付千金，诸子百家仍躺架；纵观万卷，一目十行已藏胸。"

掌柜听罢，连声称赞，知其前途无量，遂将这本《易经》送给了阮元。

67.知县互讥联

园门不紧，跳出猴悟空，活妖怪怎能善化？

湘水横溢，浮来猪八戒，死畜牲流落长沙！

清朝乾隆时，长沙有个知县姓朱，善化有个知县姓侯，这两个人平时互相瞧不起。有一天同桌宴饮，朱知县借机嘲笑侯知县，便以"侯""猴"谐音，当场出了一个上联："园门不紧，跳出猴悟空，活妖怪怎能善化？"

侯知县听罢，则以"朱""猪"谐音反唇相讥："湘水横溢，浮来猪八戒，死畜牲流落长沙！"

二人互相讥讽一番，酒席不欢而散。

68.纪晓岚对太监句

小翰林，穿冬衣，持夏扇，一部春秋曾读否？

老总管，生南方，来北地，那个东西还在吗？

纪晓岚，清乾隆进士，曾任礼部尚书、《四库全书》总纂官等职。

相传纪晓岚初入翰林院时，曾在南书房做侍读，太监总管不认识他，见他衣着打扮与众不同，感觉好笑，便说了一句："小翰林，穿冬衣，持夏扇，一部春秋曾读否？"

纪晓岚听太监操南方口音，遂当即回敬道："老总管，生南方，来北地，那个东西还在吗？"

太监听罢，撇了撇嘴，便悄然走开了。

69.一副灯谜对联

黑不是，白不是，红黄更不是，和狐狼猫狗相仿，既非家禽，又非野兽；
诗也有，词也有，论语上也有，对东西南北模糊，虽是短品，却是妙文。

这年元宵节，皇宫内张灯结彩，清乾隆帝与群臣一起游乐。在一盏大彩灯前，乾隆帝见上面写着一副灯谜对联："黑不是，白不是，红黄更不是，和狐狼猫狗相仿，既非家禽，又非野兽；诗也有，词也有，论语上也有，对东西南北模糊，虽是短品，却是妙文。"

乾隆帝看了连连摇头，遂问纪晓岚："这个灯谜对联是你编的，乱七八糟的，真叫人莫名其妙，谜底到底是什么？"纪晓岚回答说："皇上，这是猜谜！"乾隆帝说："朕知道是猜谜，现在问你谜底。"纪晓岚依然回答"是猜谜"，接着又笑着解释说："皇上，这谜底就是'猜谜'两个字。黑白红黄都不是，又和狐狼猫狗相仿，非家禽野兽，说的是'猜'字；诗词论语都有的是'言'字旁，东西南北模糊是'迷'，'言'字旁与'迷'合起来便是'谜'字。这副灯谜对联的谜底就是'猜谜'。灯谜不能登大雅之堂，却叫人搔首拈须，岂非妙文耶？"

乾隆帝听罢，哈哈大笑，连说："有意思，有意思。"

70.君臣同写寿联

你娘不是人，西天王母降凡尘；
他儿当过贼，偷来蟠桃孝母亲。

这天清乾隆帝与纪晓岚微服私访，行至城郊乡村，见一大户人家张灯结彩，宾朋满座。一问，原来这家正在为老母亲祝寿。乾隆帝对纪晓岚说："当觅酒食乎？"纪晓岚表示："听从皇上安排。"随后，他俩买了几斤糕点"混"了进去。主人见来客气宇轩昂，便请到上座。其间，乾隆帝提出"请笔墨为老母亲祝寿"。主人当即笔墨伺候。乾隆帝执笔题联，先写上联一句"你娘不是人"，又写下联一句"他儿当过贼"。主人不知所措，正要反问，却见乾隆帝将笔掷给了纪晓岚，纪晓岚当即续句。

这副对联是："你娘不是人，西天王母降凡尘；他儿当过贼，偷来蟠桃孝母亲。"

众人看罢，这才恍然大悟，个个赞叹，客主皆欢。

71.一副绝对

月照纱窗，个个孔明诸葛亮；

风送幽香，郁郁畹华梅兰芳。

纪晓岚的妻子马月芳才貌双全。这天她指着自家窗户出了一个上联，让纪晓岚对出下联。这上联是："月照纱窗，个个孔明诸葛亮。"

纪晓岚听罢，竟一时无以为对，其后又与同僚切磋，最终也没有对出下联，这个上联遂成绝对。再后来，这个绝对在流传过程中，不知谁又在句首字前加了一个"明"字，与三国孔明之"明"重复，以重字修辞，更增加了应对难度。

时至民国，还有人不断试对，也仅仅是勉强为之。这对句是："风送幽香，郁郁畹华梅兰芳。"

梅兰芳，字畹华，京剧表演艺术家。

72.刘墉妙对乾隆帝

上盘山，走盘路，盘桓数日；

游热河，饮热酒，热闹几天。

清乾隆帝最爱吟诗作对。这年他八十大寿，由东阁大学士刘墉伴驾，前往热河行宫避暑，途经盘山，乾隆帝触景生情，偶得上联，让刘墉应对。这上联是："上盘山，走盘路，盘桓数日。"

这个"盘"字用得有点奇妙，刘墉再三沉吟，也没有想出下联。快到热河时，刘墉一时兴奋，急忙"回皇上"，称下联有了。这下联是："游热河，饮热酒，热闹几天。"

乾隆帝听罢，顿时龙颜大悦，驻跸行宫，又特赐御酒，以资奖励。

73.刘凤诰巧对乾隆帝

独眼何能登皇榜？
半月依旧照乾坤。

东启明，西长庚，南箕北斗，谁是摘星手？
春牡丹，夏芍药，秋菊冬梅，我乃探花郎。

清朝有个叫刘凤诰的文人，博学多才，这年他在殿试中考了个第三名。刘凤诰患有眼疾，仅一只眼睛能看清东西。乾隆帝在钦点"探花"时犹疑不决，遂出句试问："独眼何能登皇榜？"

这出句含有奚落之意，但刘凤诰毫不介意，若无其事地回答说："半月依旧照乾坤。"

乾隆帝见他思路敏捷，答对切情切理，顿时龙颜大悦，接着又出句："东启明，西长庚，南箕北斗，谁是摘星手？"

刘凤诰略一沉吟，便对出下联："春牡丹，夏芍药，秋菊冬梅，我乃探花郎。"

乾隆帝听罢，认为刘凤诰应对贴切，韵律和谐，表达的内容正合己意，遂被钦点为探花。

74.李调元对父亲句

曹子建七步成诗；
李调元一时无对。

清乾隆进士李调元，少时善对。这天他父亲出了一个上联，想考考他的才学，看看有没有长进。这上联是："曹子建七步成诗。"

李调元听罢，略一沉吟，便对出下联："李调元一时无对。"

父亲甚为满意。曹子建即曹植，三国时曹魏人，其典故"七步成诗"广为人知。李调元说"一时无对"，其实已经对出来了。

75.李调元"从天而降"

洞庭湖八百里，波滚滚浪滔滔，大宗师从何而来？
巫山峡十二峰，云霭霭雾腾腾，本主考从天而降。

这年李调元出任广东学政，他从四川启程，由水路途经洞庭。湖南巡抚听说后，在当地聚集文人墨客，为他设宴接风。其间，一位候补道自恃学问渊博，想在巡抚大人面前卖弄才学，遂提出与李调元对对子。李调元说："请出句，以助兴。"这位候补道站起身来，摇头晃脑，当即吟出一个上联："洞庭湖八百里，波滚滚浪滔滔，大宗师从何而来？"

众人认为上联颇具地方特色，且气概非凡，寓庄于谐。李调元稍作思考，便对出下联："巫山峡十二峰，云霭霭雾腾腾，本主考从天而降。"

"巫山峡十二峰"为蜀中名胜，不仅对得贴切，从气势上更胜一筹。候补道听罢，顿时显得十分窘迫。至此，再也没人出句求对了。

76.李调元失对

月圆月缺，月缺月圆，年年岁岁，暮暮朝朝，黑夜尽头方见日；
花开花落，花落花开，夏夏秋秋，暑暑凉凉，严冬过后始逢春。

羊毫笔写红绫纸；
虎头靴套麻草鞋。

羊毫笔写红绫纸；
马蹄刀切黄牛皮。

清朝乾隆时，李调元因奸臣构陷被充军伊犁，其后又获准返回家乡，妻子设宴并感叹道："月圆月缺，月缺月圆，年年岁岁，暮暮朝朝，黑夜尽头方见日。"

李调元听罢，遂起身举杯回应说："夫人这句话就是一个绝妙的上联，既充满感情，又含蓄典雅。"接着，李调元对出下联："花开花落，花落花开，夏夏秋秋，暑暑凉凉，严冬过后始逢春。"

此时使女在一旁凑兴说："夫人出得好，老爷对得妙，何不用羊毫笔写在红绫纸上。"

夫人细声沉吟："羊毫笔写红绫纸。"

接着，夫人又说："妙！就以这句为上联，再请学士一对。"

李调元想来想去，也没能想出下联。次日，他在庭院徘徊，听厢房有人在谈笑自己。

使女说："老爷是天下奇才，没想到竟被我的一句话给难倒了，至今对不上来。"厨子问："一句什么话？"使女说："羊毫笔写红绫纸。"

厨子想了想，当即说出一个下联："虎头靴套麻草鞋。"

门口的皮匠听到了，也说出一个下联："马蹄刀切黄牛皮。"

李调元听在耳里，愧在心中。他自言道："文出于理，诗发于情，对联应生于感触了。"

77.郑板桥巧改对联

春风放胆来梳柳；
夜雨瞒人去润花。

郑板桥，清乾隆进士，擅长诗书画，为扬州八怪代表人物之一。

这年郑板桥回到家乡，在村头遇见两个洗衣裳的妇女，她俩边洗边唱。其中一个唱道："春风呼呼梳杨柳。"另一个接着唱道："夜雨偷偷浇禾苗。"

郑板桥听罢，连连拍手称妙，并当即改成一副对联："春风放胆来梳柳；夜雨瞒人去润花。"

这两个妇女见是大才子郑板桥回来了，赶紧把他请进村子，沏好茶水，摆出文房四宝，让郑板桥把这副对联写了出来。

78.王尔烈对塾师联

野外黄花，好似金钉钉地；
城内白塔，犹如玉钻钻天。

王尔烈，清乾隆进士，授翰林院编修。

相传王尔烈幼年时曾在辽阳城里一家私塾读书。他聪明伶俐，才思敏捷，塾师对他很器重。这天塾师带领全体学生到郊外游玩，时值春夏之交，原野黄花盛开，塾师触景生情，遂即兴出句："野外黄花，好似金钉钉地。"

塾师要求学生对出下联，这些学生却沉思不语。王尔烈回望城中，见白塔高耸云端，便率先对出下联："城内白塔，犹如玉钻钻天。"

塾师听罢，连称："妙对，妙对！"

79.王尔烈对方丈联

雪积观音，日出化身归南海；

云堆罗汉，风吹漫步到西天。

王尔烈少年时曾在辽阳城南龙泉寺做杂工。这天雪下得很大，他和几个小和尚扫雪，小和尚们一边扫雪，一边玩耍，用积雪塑了一个观音菩萨。方丈元空和尚看见了，便以"雪观音"为题出了一个上联："雪积观音，日出化身归南海。"

方丈出了上联，让小和尚们对下联。这几个小和尚先是沉默不语，稍后又抓耳挠腮，总归也没能对出来。王尔烈只好上前解围，遂对出下联："云堆罗汉，风吹漫步到西天。"

方丈听罢，连念："阿弥陀佛，阿弥陀佛。"从此，方丈将王尔烈留在身边，不再让他做杂工了。

80.王尔烈巧对小尼姑

和尚撑船，篙打湖中罗汉；

尼姑汲水，绳系潭底观音。

这天方丈元空带领王尔烈和几个小和尚划船往大安寺去。大安寺里的小尼姑正在湖边汲水，她见小和尚撑船而来，影子映到湖里，船篙正好打在小和尚的影子上，遂出句戏谑："和尚撑船，篙打湖中罗汉。"

几个小和尚听罢，竟然无以为对。王尔烈见小尼姑汲水的样子，便起身对出下联："尼姑汲水，绳系潭底观音。"

方丈听罢，心中大悦。从此把王尔烈视为弟子，并亲授诗文。

81. 庄有恭对画堂联

旧画一堂，龙不吟，虎不啸，花不闻香鸟不叫，见此小子，可笑，可笑；

残棋半局，车无轮，马无鞍，炮无烟火卒无粮，喝声将军，提防，提防！

庄有恭，清乾隆状元，曾任刑部尚书、两江总督等职。

这年庄有恭刚满六岁，有一天他外出放风筝，放着放着，风筝便落入镇粤将军署中，遂前去捡拾。此时，将军正与客人对弈，见庄有恭神格非凡，便问道："童子何来？"庄有恭如实告之。将军又问："汝曾读书否？曾属对否？"庄有恭颇有自信地说："对对子，小事耳，何难之有。"将军又问："能对几字？"庄有恭答："一字能之，一百字也能之。"将军见他口气不小，便指着客厅中堂出了一个上联："旧画一堂，龙不吟，虎不啸，花不闻香鸟不叫，见此小子，可笑，可笑。"

庄有恭灵机一动，指着残棋对出下联："残棋半局，车无轮，马无鞍，炮无烟火卒无粮，喝声将军，提防，提防！"

82. 陶澍写碾米坊联

推声若雷，雷后无云下谷雨；

鸟音如话，话中有韵听清明。

清嘉庆进士陶澍少时在私塾读书。谷雨这天，塾师带着他去附近的碾米坊游玩，掌柜陪着转了一圈，其间掌柜又说："这里还缺少一副行业对联。"塾师让陶澍拟写。陶澍知道如何碾谷米，又联想到清明、谷雨时节景象，遂提笔写道："推声若雷，雷后无云下谷雨；鸟音如话，话中有韵听清明。"

塾师看罢，拍案叫绝，从此就更加用心教陶澍了。

83.一字联话

墨；

泉。

清朝词人蒋敦复自幼便有神童之称。相传蒋敦复六岁那年，塾师出了一个上联，让他属对。这上联是："墨。"

蒋敦复听罢，略一沉吟，便对出下联："泉。"

塾师连连摇头，说："不工，不工！"蒋敦复则解释说："我用'白水泉'对'黑土墨'，怎能说不工呢？"塾师不禁拍案叫绝。

原来，这副对联暗用析字修辞，"墨"由"黑""土"组成，"泉"由"白""水"组成，对得十分工巧。

84.龙启瑞对塾师联

塘中莲苞攥红拳；

水面荷花伸绿掌。

龙启瑞，清道光状元，曾任湖北学政、江西布政使等职。

相传龙启瑞七岁时便能吟诗作对。这年他在私塾读书，有一天上对课，塾师出句，让学生们对。这出句是："塘中莲苞攥红拳。"

在座的学生，有的抓耳挠腮，有的沉思不语。此时，龙启瑞站起身来，率先对出下联："水面荷花伸绿掌。"

塾师听罢，当即点评道："'水面'对'塘中'，'荷花'对'莲苞'，'绿掌'对'红拳'，从词性上讲，对仗工整，堪称妙对。"

85.诸生巧对曾国藩

孙承祖志；

孟受曾传。

曾国藩，清道光进士，曾任湘军统帅、两江总督等职。

咸丰时，曾国藩驻兵安庆，听说当地有一个孟姓诸生善于属对，便差人将他请到衙门，想见识见识这个诸生。曾国藩问诸生家世，听说他祖上也是诸生，遂出句："孙承祖志。"

诸生不敢怠慢，应声对出下联："孟受曾传。"

诸生所对下联"孟"字，本指孟子，在此借指自己；"曾"字，本指曾子，在此借指曾国藩。

曾国藩听罢，赞赏有加，说："果然名不虚传。"又当即赏银十两。

86.郑献甫巧对老秀才

山号马鞍，马去鞍留，客至如何不问马？

村名牛路，牛多路窄，我来常见有牵牛。

郑献甫，清道光进士，曾任刑部主事、桂林孝廉书院山长等职。

相传郑献甫从小喜欢属对，偶有一两个对不上的对子，便会铭记在心，不时揣摩，直到对上为止。这年郑献甫刚满十五岁，有一天他和同学去马鞍山游春，在山脚遇到一个老秀才。老秀才说："我这里有一个上联，至今仍未对上，一直耿耿于怀，希望你们能为我对上。"这上联是："山号马鞍，马去鞍留，客至如何不问马？"

郑献甫和他的同学沉思良久，最终也没能想出下联。二十多年后，郑献甫主讲广州越华书院。这天他在郊外行走，途经牛路村，在村外小路上遇见一个牧童。此时夕阳西下，牧童牵牛而归，正巧与他擦身而过。郑献甫触景生情，顿时想起那个未对之联，遂吟出下联："村名牛路，牛多路窄，我来常见有牵牛。"

87.郑献甫戏四公子

菱角花开，一片青藤喝白水；

梧桐叶落，四条光杆打秋风。

这年郑献甫进京赶考，途经一个酒馆想吃点东西。此时，酒馆内有四个公子正在饮酒，见郑献甫寒酸的样子，便借着酒劲，说要和郑献甫对对子。其中一个人说："我们刚刚拟出一个上联，尚没有下联，你能对上吗？"这上联是："菱角花开，一片青藤喝白水。"

郑献甫略一沉吟，便对出下联："梧桐叶落，四条光杆打秋风。"

公子们听罢，这才知道郑献甫并非平庸之辈，遂拱手行礼，连称："幸会，幸会！"

88.郑献甫应对

谁人挑水江边卖？

是我移花岭上栽。

竹笋如枪，麻雀敢来枪上立？

草茅似剑，黄蜂偏向剑中窠。

这年郑献甫辞官归乡，从此不复仕途。其后，他曾被广东顺德凤山书院聘为主讲，上任伊始，当地人想试试他的才学，便在书院山门上贴了半副对联："谁人挑水江边卖？"

郑献甫看罢，经再三思量，也写了半副对联，贴在山门另一侧。这半副对联是："是我移花岭上栽。"

没想到第二天一早，在山门右侧又贴出半副对联："竹笋如枪，麻雀敢来枪上立？"

郑献甫知道这是有人在嘲弄自己，遂折回居舍写出下联："草茅似剑，黄蜂偏向剑中窠。"

当日，郑献甫又将下联贴在山门左侧。翌日，凤山书院山门张贴"双联"的消息不胫而走，一些文人墨客纷纷前来观赏，皆说："妙对，妙对！"

89.状元对联

亿万年济济绳绳，顺天心，康物阜，雍和其体，乾健其行，嘉气遍九州，道统绍羲皇尧舜；

二百载绵绵奕奕，治绩昭，熙功茂，正直在朝，隆平在野，庆云飞五色，光华照日月辰星。

孙家鼐出身书香门第，才思敏捷，清咸丰时中进士。这天皇帝召集前十名进士参加殿试，要求以歌颂盛世王朝为主题，每人写一副对联。孙家鼐凝神沉思，不到半个时辰，便率先写出对联："亿万年济济绳绳，顺天心，康物阜，雍和其体，乾健其行，嘉气遍九州，道统绍羲皇尧舜；二百载绵绵奕奕，治绩昭，熙功茂，正直在朝，隆平在野，庆云飞五色，光华照日月辰星。"

这副对联把咸丰之前的皇帝年号"顺治""康熙""雍正""乾隆""嘉庆""道光"嵌入联中，对仗工整，构思巧妙。

咸丰帝披阅后，龙颜大悦，遂钦点孙家鼐为头名状元。

90.何淡如写怪联

船又扒，艇又扒，扒扒扒……扒到龙门三尺浪；
生也唱，旦也唱，唱唱唱……唱得东方一片红。

清同治举人何淡如，时称"怪联圣手"。这年端午节，一位乡绅请何淡如写对联。此时，何淡如正忙于下棋，他头也没抬，仅仅说了一句："先给我折好纸。"乡绅见他如此傲慢，顿感不悦，遂叫人折了两张很长的纸，各折六十四格，全副对联需要一百二十八个字。何淡如下完棋一看，吃了一惊，你要我当场拟出这么长的对联，是不是想让我出丑啊！幸亏何淡如有急才，稍作思考，他把赛龙舟、演大戏的场景嵌入对联，遂提笔写道："船又扒，艇又扒，扒扒扒……扒到龙门三尺浪；生也唱，旦也唱，唱唱唱……唱得东方一片红。"

原来他写了五十四个"扒"字，又写了五十四个"唱"字，上下联各自凑够六十四个字。这么多的"扒"字和"唱"字，不但切情切景，而且读起来也抑扬顿挫，气势不凡。

91."谢""吴"析字联

谢翰林要盐，抽身去讨；

吴学士吃菜，倒口便吞。

清光绪进士吴獬，博学宏才，善于捷对。这天吴獬请一位谢姓翰林来家做客，谢翰林觉得菜肴味道淡了一点，便走进厨房，舀了点盐加进菜里。

吴獬笑道："谢公，在下有一个上联，请赐对。"这上联是："谢翰林要盐，抽身去讨。"

谢翰林略一沉吟，便对出下联："吴学士吃菜，倒口便吞。"

这副对联用析字修辞，"谢"字抽"身"，便成了"讨"字。"吴"字之"口"倒置"天"下，便成了"吞"字，以此笑说吴獬进餐时狼吞虎咽。

92.云鹤楼父子联对

绿野青山之间，别开生面；

岳阳黄鹤而外，又有斯楼。

清朝光绪时，云南鹤庆县有一个穷书生，名字叫章怀芝。这天城内云鹤楼举行竣工典礼，他带着七岁儿子赶去看热闹，却遭到衙役呵斥。章怀芝质问："为什么来不得？"衙役说："老爷们正在楼上以文会友，你有什么本事？"章怀芝也不甘示弱："什么老爷，那几个蠢才能吟出什么狗诗！"衙役二话没说，便将章氏父子拘传到楼上问罪。知县嘲笑他说："你真有本事，也给云鹤楼写副对联呀！"章怀芝冷笑一声说："这么一件小事，我儿子足以胜任，不过既是父子同来，只得我先起个头。"说着把眼光向四面一扫，吟出上联："绿野青山之间，别开生面。"

章怀芝话音刚落，儿子便站了起来，以比兴修辞，从容对出下联："岳阳黄鹤而外，又有斯楼。"

在座的人听罢，个个拍手称妙。知县见状"哼"了一声，再也无话可说了。

93.钟云舫送"秘诀"

金鼎清馨皆适口，馨招来，云外几多客；

玉樽美味好充饥，味引出，洞中无数仙。

清朝秀才钟云舫擅长撰写对联，被誉为"联圣"。这天他在当地一家饭店吃了一碗汤圆，顺便与掌柜攀谈了几句。掌柜唉声叹气，向他诉苦说："门上对联，上联是'生意兴隆通四海'，下联是'财源茂盛达三江'，但生意远非如此。"钟云舫说："我有一个秘诀，改日送给你。"

钟云舫的秘诀是："金鼎清馨皆适口，馨招来，云外几多客；玉樽美味好充饥，味引出，洞中无数仙。"

实际上，这是钟云舫撰写的一副对联。掌柜把"秘诀"贴在门上，当天便引得路人驻足吟咏，人气旺了，生意也就随之红火起来。

94.嵌姓绝对

李宋二先生，木头木脚；

龚庞两小姐，龙首龙身。

清朝时有两个秀才结伴出行，一路观山赏景，吟诗作对，不知不觉来到一个路口，见一个老和尚正在树荫下纳凉，身边放着一个盛水的葫芦，遂向前搭讪，想要口水喝。老和尚问二位贵姓，又说："水我有，不过要先对对子，对上了才能给水喝。"这两个秀才欣然同意，并自报家门，一个姓李，一个姓宋。老和尚遂将"李""宋"嵌入句中，吟出上联："李宋二先生，木头木脚。"

他俩听罢，知道老和尚没怀好意，本想反唇相讥，可想了半晌，也没有想出下联，只好垂头丧气地走了。

渐渐地，这个上联就在民间流传开来，但从没有人能对出下联，遂成绝对。二十世纪八十年代，有一家报纸为这副绝对征求下联，入选者寥寥无几。其中有一个下联，从字面上看，算是对上了；从遣词上看，显得有些牵强，且寓意欠妥，因此不是工对。这下联是："龚庞两小姐，龙首龙身。"

95."古泉"析字联

进古泉，喝十口白水。

清朝宝庆府治所在地有一口古泉，泉水清冽甘醇，盛夏不枯。这天有一个秀才路过古泉小憩，他品尝了泉水，一时起兴，又以"古泉"析字，吟得上联："进古泉，喝十口白水。"

秀才吟得上联，却没能想出下联。后来，当地人在古泉上修建了一座石亭，又将这个上联刻在上面，祈盼有人能赐对句。古往今来，曾有不少文人墨客慕名应对，但都以无句可对而告终。

96.字字相同的对联

长长长长长长长；

长长长长长长长。

从前有个秀才生活困难，又找不到合适的事干，只好在家门口摆了个小摊，靠卖豆芽过日子。为招揽生意，秀才写了一副对联："长长长长长长长；长长长长长长长。"

这副对联全用"长"字，人们感到新奇，都围过来看热闹，有人还指手画脚地瞎猜。不大工夫，有人猜出来了，这人大声一念，大伙儿就全明白了。闹了半天，这个"长"字是多音字，作为"生长"的"长"读是一个意思，作为"长短"的"长"读又是一个意思。这个秀才想让豆芽快长长，豆芽长长了好卖钱。

大伙儿听罢，全都笑了。

97.穷秀才应对

黑白难分，叫我怎知南北？

青黄不接，向你借点东西。

从前有个老学究，他的隔壁住着一个穷秀才。这天天黑的有点早，老学究即景吟出一个上联："黑白难分，叫我怎知南北？"

老学究话音刚落，穷秀才就走进门来。穷秀才说："青黄不接，向你借点东西。"

"先把我的上联对出来，再说借东西。"老学究又把那个上联复述了一遍。穷秀才呵呵一笑，反问道："我进门时说的那句话，不就是下联吗？"老学究仔细一琢磨，可不是吗！"青黄"对"黑白"，"东西"对"南北"，对得十分工整。

98.举人巧对

穷举人过年，如过难；

士君子爱道，也爱贫。

从前有两个举人，虽然早就有了功名，但是没有官职，在乡下过着贫寒的日子。这年年关将至，一举人到另一举人家中造访，见面便说了一句："穷举人过年，如过难"。

另一举人听罢，则不紧不慢地说了一句："士君子爱道，也爱贫。"

这两个举人你一言我一语，恰好组成一副口语联。

99.塾师巧对知县句

四方锡台，点半枝烛，光光明明，照见东西南北；

三两银子，教一年书，辛辛苦苦，熬过春夏秋冬。

从前有一位塾师，因无钱过年而去讨要学费，可是几天过去了，一个铜板也没讨回来。塾师一气之下来到县衙告状。时已傍晚，知县点烛披阅诉状，即景生情，遂口吟上联："四方锡台，点半枝烛，光光明明，照见东西南北。"

塾师听罢，便以"自嘲"为题，对出下联："三两银子，教一年书，辛辛苦苦，熬过春夏秋冬。"

知县深表同情，当即向塾师垫支三两银子，让他先把年过好，讨款之事等年后再说。

100.老先生写挽联

南邦寺死个和尚;

西竺国添一如来。

从前有一个乡村老先生,擅长撰写挽联。这天南邦寺里的一个老和尚圆寂,村里的一个居士找到老先生,说:"南邦寺死个和尚,请你撰写一副挽联。"老先生当即写了上联:"南邦寺死个和尚。"

居士大吃一惊,忙说:"我讲的是一句话,又不是对子,你怎么写上去了?"老先生没有吱声,接着又写了下联:"西竺国添一如来。"

"阿弥陀佛。"居士这才明白过来,遂合掌称妙,然后就去南邦寺了。

101.老和尚智对游学佬

右和尚,左尼姑,清净何为清净?

上观音,下罗汉,修行各自修行。

相传有个游学佬,这天来到清净庵拜访老和尚,一进山门,见右边住着和尚,左边住着尼姑,他想讥笑一下老和尚,便当即出了一个上联:"右和尚,左尼姑,清净何为清净?"

老和尚听罢,念了一声"阿弥陀佛",接着又对游学佬说:"施主请坐,我有一个对句说给你听。"这对句是:"上观音,下罗汉,修行各自修行。"

游学佬见笑不倒老和尚,尴尬无比,只好溜之大吉。

102.太史巧对乌巡抚

鼠无大小皆称老；

龟有雌雄总姓乌。

从前有个姓乌的巡抚，常爱作对挖苦别人。这天有太史来访，太史年纪比他小，但登科年份比他早，按照规矩，乌巡抚要尊称太史为"老先生"，乌巡抚有点不服气，遂出句："鼠无大小皆称老。"

太史听出话中有话，当即对句："龟有雌雄总姓乌。"

乌巡抚听罢，自知遇到高手，遂转移话题，谈起了正事。

103.一副嘲讽对联

钉靴踏地泥麻子；

皮袄披身假畜生。

从前有个贾财主，有才有钱，却好拿别人开心。这天下了一场大雪，贾财主来了兴头，便穿上皮袄，站在大街上欣赏雪景。

此时走来一个倪姓少年，长了一脸麻子，人称"倪麻子"。倪麻子脚穿钉靴，在他走过后的雪地上，留下串串脚印，坑坑点点。贾财主看着脚印，心里一动，便吟出上联："钉靴踏地泥麻子。"

贾财主利用"泥""倪"谐音，拿钉靴踩出来的"泥麻子"嘲笑倪麻子。倪麻子反唇相讥，当即对出下联："皮袄披身假畜生。"

倪麻子也利用"假""贾"谐音，嘲笑贾财主虽身穿皮袄，但却是一个假畜生。贾财主听罢，自知无趣，扭头便回家去了。

104.顽童戏员外

赵小贵赶母牛，男女同耕；

刘员外骑雌马，夫妻双游。

从前有一个刘员外，这天骑马闲逛，见本村顽童赵小贵正在赶牛耕地，便想戏弄一下他，遂吟出上联："赵小贵赶母牛，男女同耕。"

赵小贵跟父亲学过对对子，此时正好派上用处。只见他扬鞭一甩，朗声来了一句："刘员外骑雌马，夫妻双游。"

刘员外听罢，先是一愣，接着拍了一下马屁股，便扬长而去了。

105.书生戏员外

门外马嘶，想必腹中少料；

堂前犬吠，肯定目内无珠。

从前有一个书生，每天清晨起来坐在门外读书。他家屋前住着一个员外，听着不耐烦，便装作自言自语的样子，说了一个上联："门外马嘶，想必腹中少料。"

书生听罢，并不动怒，应声对出下联："堂前犬吠，肯定目内无珠。"

这副对联用语义双关修辞，员外貌似说马，实则指桑骂槐，嘲讽书生。书生貌似说狗，实则反唇相讥，戏弄员外。

106.老学究代写对联

太尊翁，尊翁在上，上至三千里凌霄，玉皇盖楼，您在楼头做寿；

愚晚生，晚生在下，下至十八层地狱，龙王掏井，我在井底挖泥。

从前有一个土财主，为了给他岳父祝寿，请一位老学究代写一副对联。老学究问他写什么内容，土财主说："你把我岳父捧得高高的，越高越好；把我说得低低的，越低越好。"老学究稍作深思，便写了这样一副对联："太尊翁，尊翁在上，上至三千里凌霄，玉皇盖楼，您在楼头做寿；愚晚生，晚生在下，下至十八层地狱，龙王掏井，我在井底挖泥。"

老学究知道土财主不识字，接着又给他念了一遍。土财主听罢，竟笑逐颜开，连声称赞："你写得真妙！高，没有比这个再高的了；低，没有比这个再低的了。"

107."妹妹""哥哥"对

> 妹妹我思之；
> 哥哥你错矣！

从前在一次科举考试中，主考官引用《尚书·泰誓》中的一句话作为题目，要求考生写一篇作文，这句话是"昧昧我思之"。有一个考生粗枝大叶，把题目中的"昧昧"误作"妹妹"，并由此写了一篇《妹妹我思之》的文章。

主考官看到这篇文章后哑然失笑，当即在卷子上写了一句批语："哥哥你错矣！"

其后有人闻之，竟拍案叫绝："这不是一副有趣的对联吗！"接着又摇头晃脑地复述了一遍："妹妹我思之；哥哥你错矣！"

108.老秀才对渔夫句

> 船漏满，桶漏干；
> 灯吹熄，火吹燃。

从前有一个渔夫，他和本村一个老秀才颇能谈得来，闲暇时经常在一起喝上几盅。这天晚上，老秀才应邀去渔夫家喝酒聊天，渔夫出了个对子:"船漏满,桶漏干。"

老秀才听罢,一时竟无以为对。渔夫又换了一个话题,二人继续喝酒。喝着喝着,一股风从门缝里吹了进来,瞬间便将油灯熄灭。渔夫起身从灶里夹起一块木炭,吹了几下,借助火苗又把油灯点了起来。老秀才即景起兴,遂对出下联:"灯吹熄,火吹燃。"

109.艄翁改句

风吹河水千层浪;
雨打沙滩万点窝。

风吹河水层层浪;
雨打沙滩点点窝。

从前有两个秀才乘船渡江,突遇刮风下雨,其中一个秀才即景出句:"风吹河水千层浪。"

另一个秀才听罢,便接着对出下联:"雨打沙滩万点窝。"

这时艄翁插话说:"对子虽好,但不合情理。你们没有看见江中的浪是一浪推一浪吗?何止千层浪。那沙滩上的雨点是一点盖一点,何止万点窝!"俩秀才认为艄翁说的有道理,连忙请教如何改正。艄翁答道:"将'千层浪'改成'层层浪',把'万点窝'改成'点点窝'。"

俩秀才听罢,异口同声,连称:"佩服,佩服!"又说:"这样一改,方才合情合理。"

110.塾师巧对老艄公

盐人背盐檐下站,檐水滴盐;
舟民驾舟洲上过,洲底擦舟。

长沙橘子洲有个老艄公，这天他背着一袋盐回家，还没有出橘子洲就遇上了大雨，只好就近站在村塾屋檐下避雨，不料屋檐滴水，恰巧落在盐袋子上。老艄公自言自语地说了一句："盐人背盐檐下站，檐水滴盐。"

这话被塾师隔窗听见了，塾师认为这句话很有意思，可以作为上联，但一时又想不出下联。

几天后，塾师在湘江岸边，看到沙滩上有一只小船搁浅，遂触景生情，吟出下联："舟民驾舟洲上过，洲底擦舟。"

111. 童生巧对船夫

船小如梭，横织江中锦绣；

塔尖似笔，倒书天上文章。

从前有一个童生到江对岸私塾读书，每天乘渡船往返仅需两个铜钱。一晃几年过去了，这天一早塾师告诉他，该学的都学了，以后不必再来学堂了，在家准备明年应考吧！童生拜谢先生，来到江边登船，船夫问他今日何故早归？童生告之原由。船夫便说："祝贺祝贺，明年考个头名秀才，今天我要多收你两倍的船钱。"童生身上只有一枚铜钱，觉得很为难。船夫见状又说："没钱不要紧，我出个对子，你对得好，我不收钱，还会奖赏你。"船夫出句："船小如梭，横织江中锦绣。"

童生一时无言，低头呆视江中，须臾见岸边塔影倒映水中，灵机一动，便对出下联："塔尖似笔，倒书天上文章。"

船夫听罢，非常高兴，当即奖赏了童生。

112. 神童对塾师句

三尺天蓝缎；

六味地黄丸。

从前有一个神童，这年由父亲领着去给塾师拜年，塾师看到神童穿着过年的新衣服，即兴说了一个上联："三尺天蓝缎。"

神童一边给塾师磕头拜年，一边思考着对句。忽然他想起一个中药祖方，遂对出下联："六味地黄丸。"

塾师听罢，连赞神童："学有长进，将来一定有出息。"

113.神童巧对新知县

新姜哪有老姜辣？

老笋不如新笋尖。

从前有个知县，他刚刚到任不久，便听教谕说，本县学有一个神童，能诗善对，远近闻名。知县好奇，想出个对子亲自考考这个神童。这天他换下官服，在教谕陪伴下见到神童，说要与神童比试一下对对子。神童说："请出句。"知县想了想，便以戏谑的口气出了一个上联："新姜哪有老姜辣？"

神童听罢，略一沉吟，当即对出下联："老笋不如新笋尖。"

在这副对联中，知县把自己比作"老姜"，把神童比作"新姜"，借助俗语"姜还是老的辣"，暗喻神童才学不如知县。神童则以"新笋"自拟，把知县比作"老笋"，以"尖"作为点睛之笔，暗喻知县不如神童出类拔萃。

114.小和尚巧对新知府

使君子花，朝白午红暮紫；

虞美人草，春青夏绿秋黄。

从前有个小和尚，擅长对对子。这天新来了一个知府，听说这事后就把小和尚请到衙门，想试试他的才学，知府出句："使君子花，朝白午红暮紫。"

小和尚略一沉吟，便对出下联："虞美人草，春青夏绿秋黄。"

知府听罢，当即点评道："这副对联将白、红、紫、青、绿、黄六种颜色嵌入句中，堪称巧对。"而站在一旁的府学教谕，捻了捻胡须，又补充说："使君子花初开色白，渐变为红，继而为紫。上联借一日朝、午、暮三时，代指使君子花期之开始、中间、最后三个时期。虞美人草是春季到秋季之间生长的一种植物。下联以虞美人草在春、夏、秋三个季节的颜色变化，代指它复苏、生长、衰亡的三个历程。"

二人言罢，甚是欢喜。

115.花神庙前说妙对

翠翠红红，处处莺莺燕燕；
风风雨雨，年年暮暮朝朝。

莺莺燕燕，翠翠红红处处；
暮暮朝朝，风风雨雨年年。

燕燕莺莺，处处红红翠翠；
朝朝暮暮，年年雨雨风风。

从前有一个小书童，这天随老秀才一道回家，途经一座花神庙，庙里主祭湖山之神，旁列花神及四时催花使者。老秀才祭拜后触动文思，撰了一个叠字上联，让小书童应对。这上联是："翠翠红红，处处莺莺燕燕。"

小书童略一沉吟，便对出下联："风风雨雨，年年暮暮朝朝。"

此时，老秀才给出评语："对得快！对得好！不过，我的上联若从'莺'字开始，便可改成一个新上联。"这上联是："莺莺燕燕，翠翠红红处处。"

小书童说："我的下联若从'暮'字开始，也可改成一个新下联。"这下联是:"暮暮朝朝,风风雨雨年年。"

老秀才说:"我的上联倒着读,又是一个新上联。"这上联是:"燕燕莺莺,处处红红翠翠。"

小书童回答说:"我的下联倒着读,又是一个新下联。"这下联是:"朝朝暮暮,年年雨雨风风。"

老秀才听罢,十分高兴。

116.小神童巧对老逸士

水打龙头蚬;

风敲鹤嘴鱼。

木锯板,板装船,木桅木桨木樯樯;

竹修篾,篾扎椅,竹柱竹撑竹钉钉。

蚕结茧,茧牵丝,丝丝织成绫罗绸缎;

羊生毛,毛扎笔,笔笔写出锦绣文章。

从前有个小神童,这天他到龙头江摸河蚬,恰逢下雨,此时一位老逸士路过这里,见江堤上堆着一些河蚬,遂驻足和小神童打招呼,接下来又问:"我出个句,你能对上吧?"小神童点头示意。

老逸士出句:"水打龙头蚬。"

小神童对句:"风敲鹤嘴鱼。"

老逸士又出句:"木锯板,板装船,木桅木桨木樯樯。"

小神童略一沉思,便对出下联:"竹修篾,篾扎椅,竹柱竹撑竹钉钉。"

老逸士深爱其才,从此结为忘年交。后来,小神童准备参加乡试,老逸士出联试考:"蚕结茧,茧牵丝,丝丝织成绫罗绸缎。"

小神童接着对出下联："羊生毛，毛扎笔，笔笔写出锦绣文章。"

小神童才思敏捷，深得老逸士赞赏。

117.村童巧对老翁

水浅鱼游肚拖地；

山高雁过背挨天。

从前有一个老翁家境比较殷实，自家门口有一个鱼塘，许多村童贪玩，常常下塘摸鱼捉虾。这天又有好几个村童跳进了鱼塘，老翁见状，大声喊道："小孩童，快上来，我出一个上联，谁能对上，就送给谁一条大鱼。"

这一喊，大家都上了岸。老翁捻了捻胡须，便出了一个上联："水浅鱼游肚拖地。"

村童大多沉默不语，只有一人说出了对句："山高雁过背挨天。"

老翁听罢，遂将一条大鱼送给了这个村童。

118."鸭婆""鸡公"对

鸭婆无鞋勤洗脚；

鸡公有髻懒梳头。

从前有个童生，这天来到村外玩耍，遇见一个老翁正在池塘边上放鸭子。老翁问童生："你在村塾学过对对子吗？"童生说"学过"。老翁又说："我出个上联，你对对看。"童生点了点头，老翁便指着鸭子出了一个上联："鸭婆无鞋勤洗脚。"

童生看看鸭子，又看看老翁，一时竟不知所措，遂跑回家中告诉了母亲。母亲说："'鸡公'对'鸭婆'，'头'对'脚'，想想看，这不就对上了吗！"童生若有所悟，他望了望院子里的鸡群，灵机一动，遂对出下联："鸡公有髻懒梳头。"

119.书童对举人句

山羊上山，山碰山羊角；

水牛下水，水淹水牛头。

从前有一个举人带着书童赴京赶考，行至盘山道上，见一群山羊上山，羊角偶尔会碰着山石。举人触景生情，信口吟出一个上联："山羊上山，山碰山羊角。"

书童拍手叫好："相公真是敏捷之才，这次一定能中进士。"晚间住店，举人想再续下联，谁知苦想了半天，也没有想出下联。举人唉声叹气，彻夜未眠，第二天便病在了床上。书童吓得六神无主，只好托付掌柜照看举人，他回家报信。书童没走多远，遇见一个农夫牵着水牛过河，水牛下水，水淹牛头，只有鼻子和眼睛露在外面。书童触景生情，遂自言道："相公有救了。"说罢，便急忙返回客店，向举人报喜，说下联有了："水牛下水，水淹水牛头。"

举人听罢，顿时来了精神，病也好了。

120.学童反驳塾师

鼻孔子，眼珠子，珠子反居孔子上；

眉先生，须后生，后生更比先生长。

从前有一个学童，在村塾读书常好出风头，甚至连塾师都不放在眼里。塾师看他骄傲自负，这天便出了一个上联，想难一难他。这上联是："鼻孔子，眼珠子，珠子反居孔子上。"

这个学童倒也聪明，知道塾师是在暗讽自己。他稍作思考，便对出下联："眉先生，须后生，后生更比先生长。"

上联"孔子"指鼻孔子，其谐音指孔丘。"珠子"指眼珠子，其谐音指南宋理学家朱熹。下联"先生""后生"先作动词，后作名词。

塾师听罢，大吃一惊，原想教训学生，反被学生教训了一顿。

121.借对讽师

雨；

风。

催花雨；

撒酒风。

园中阵阵催花雨；

席上常常撒酒风。

从前有一个塾师喜好喝酒，往往是每饮必醉，每醉必撒酒风。这天他教学生对对子，遂出句："雨。"

学生听罢，其中有人对句："风。"

接着塾师又在"雨"前添了两个字，续成三字联："催花雨。"

这个学生心想，何不借此规劝一下先生呢！遂对出下联："撒酒风。"

塾师并没有在意，继续添字出句："园中阵阵催花雨。"

这个学生扑哧一笑，接着对出下联："席上常常撒酒风。"

从此，这个塾师再也不喝酒了。

122.师生口气对

好鸟笼中叫；

病猪圈内哼。

荷叶鱼儿伞；

棉花虱子窝。

五凤楼前呼万岁，万岁，万岁，万万岁！

十字街头叫老爹，老爹，老爹，老老爹！

从前有一位塾师，人称大先生。大先生教学生对对子，最爱讲"口气"，还说一个人的终生前途要取决于"口气"的大小。可偏偏有一个顽皮的学生，常常和他对着来，每次对对子，专捡没有出息的往外搬。

这天上对课，大先生出句："好鸟笼中叫。"

这个学生对句："病猪圈内哼。"

大先生又出句："荷叶鱼儿伞。"

这个学生又对句："棉花虱子窝。"

至此，大先生很是恼火，第三番出了一个口气更大的句子："五凤楼前呼万岁，万岁，万岁，万万岁！"

这个学生略一沉吟，便对出下联："十字街头叫老爹，老爹，老爹，老老爹！"

大先生听罢，当即拍桌子说："真乃朽木粪土，永无出息！"然后拂袖而去。

后来，这个学生考中进士，先任知县，后升道台。这年衣锦还乡，特地前来拜访大先生，不免旧话重提。大先生仍不服气，悻悻而谈："正因为口气小，所以只能升到道台，如果口气大，早就入阁拜相了。"

123. 塾师偶得妙句

卷帘看莲，莲下鲢鱼连三跃；

提壶浇葫，葫上蝴蝶胡乱飞。

从前有个村塾，院里放着水缸，缸内栽着莲花、养着小鲢鱼。这天塾师撩起门帘外出乘凉，见缸中小鱼猛然蹿出水面，遂触景生情，偶得上联："卷帘看莲，莲下鲢鱼连三跃。"

这天塾师提着水壶浇葫芦，见蝴蝶飞来飞去，又偶得下联："提壶浇葫，葫上蝴蝶胡乱飞。"

说罢，情不自禁地笑了起来。

124.一副回文联

斗鸡山上山鸡斗；

龙隐洞中洞隐龙。

从前有一个秀才，这天他独自来到斗鸡山游览，恰巧碰见一对山鸡在斗架，遂即兴吟出上联："斗鸡山上山鸡斗。"

秀才偶得上联，纯属巧合，再想对下联，可就没那么容易了。在返回途中，他遇到了一位塾师，秀才向塾师请教。塾师说："你出的是一个回文句，正读反念，其音其意都是一样的，按照这种句式再找一个下联，就是一副回文联了。"秀才问塾师是否有佳句可对，塾师说："我今天去了一趟龙隐洞，'龙隐洞'可对'斗鸡山'。"秀才听罢，这才恍然大悟，当即对出下联："龙隐洞中洞隐龙。"

125.牧童巧对秀才

鸡随犬行，遍地梅花竹叶；

羊跟马走，连路松子核桃。

这天几个秀才结伴游春，其中一个秀才看到鸡犬脚印后，竟然来了兴头，遂出句："鸡随犬行，遍地梅花竹叶。"

此时，站在路旁的一个牧童，指着地上的羊粪、马粪，开大嗓门，抢先对出下联："羊跟马走，连路松子核桃。"

众秀才听罢，先是一愣，接着连声称赞："妙哉，妙哉！"

126.秀才自对趣联

雪落板桥，鸡犬行过，踏成梅花竹叶；

日照纱窗，莺蝶飞来，映出芙蓉牡丹。

从前有一个近视眼的秀才，这天出外赏雪，经过板桥，见桥面积雪上存留着一些图案，有的像"竹叶"，有的像"梅花"，便问路人："这是谁画的？"路人笑说："那不是人画的，是鸡、狗走过留下的印儿！"秀才听罢，即景起兴，吟出一个上联："雪落板桥，鸡犬行过，踏成梅花竹叶。"

又过数月，这天阳光明媚，秀才在窗前读书，忽见纱窗上晃动着影子，犹如芙蓉牡丹。他蹑步走出屋外，看到莺蝶在庭前飞来飞去，遂吟出下联："日照纱窗，莺蝶飞来，映出芙蓉牡丹。"

127.巧作节气对

一犁耕破路旁土，明日芒种；

双手捧住炉中火，今朝大寒。

从前有个秀才出门游春，见一农夫正在路旁犁地，遂触景生情，即兴吟出上联："一犁耕破路旁土，明日芒种。"

秀才偶得上联，却没能想出下联。这年腊月，秀才拜访昔日塾师，二人围炉烤火。秀才谈到上联，请塾师指点迷津。塾师眼望炉火，略一沉吟，便拟出下联："双手捧住炉中火，今朝大寒。"

128.老童生中秀才

上钩为老，下钩为考，老考童生，童生考到老；

二人是天，一人是大，天大人情，人情大过天。

从前有一个童生，他在私塾读了几年书后便开始考秀才，一直考到七十多岁还未考中。这年他又参加童试，主考官见他一大把年纪还在考，便出了一个上联让他对。这上联是："上钩为老，下钩为考，老考童生，童生考到老。"

老童生听罢，思考了半晌，才对出下联："二人是天，一人是大，天大人情，人情大过天。"

主考官可怜他，这次就让他中了秀才。

129.和尚应对

孔圣人，三千弟子下考场；
如来佛，五百罗汉上西天。

子曰克己复礼；
佛说回头是岸。

从前有个和尚，看见读书人参加科举考试，有的成了秀才，有的成了举人，有的还中了进士，好不风光，心里羡慕极了。这一年赶上县试，他决定去试一试。

这一场是口试，对对子。主考官出上联："孔圣人，三千弟子下考场。"

和尚听罢，稍加思考，便对出下联："如来佛，五百罗汉上西天。"

主考官又出上联："子曰克己复礼。"

和尚又对出下联："佛说回头是岸。"

主考官听罢，当即起身，拂袖而去。"什么乱七八糟的，"主考官边走边说，"岂有此理，岂有此理！"和尚急忙合掌："阿弥陀佛，阿弥陀佛！"

130.巧嵌地名联

东牌楼，西牌楼，红牌楼，木牌楼，东西红木四牌楼，楼前走马；

南正街，北正街，县正街，府正街，南北县府都正街，街上登隆。

从前湖南长沙县有个考生去京城应试，恰巧主考官是长沙县邑人。主考官问考生家住哪里，考生回答"东牌楼"。主考官便以老家地名出了一个上联："东牌楼，西牌楼，红牌楼，木牌楼，东西红木四牌楼，楼前走马。"

考生听罢，略一沉吟，便对出下联："南正街，北正街，县正街，府正街，南北县府都正街，街上登隆。"

主考官听到这个下联感觉非常亲切，似乎又在长沙城里逛了一圈，遂给这个考生打了高分。

131.戏班主妙对戏园主

戏本半虚，虚动干戈，虚？

歌中两可，可容赊欠，可！

这年一戏班辗转逃难来到京城天桥，至此川资已尽，别说租场开戏，就是住店吃饭，都成了问题。戏班主找到戏园主，恳求应允先开场，再交租，日后定有重谢。戏园主虽有恻隐之心，但又不了解戏班功底如何，正踌躇间，想起一个上联，便说："我出上联，你若能对上，凡事都好商量。"这上联是："戏本半虚，虚动干戈，虚？"

最后一个"虚"字，表明戏园主担心上当受骗。戏班主明白用意，当即振作精神，亮起歌喉，先来了一段"唱道情"，最后连腔带白对出下联："歌中两可，可容赊欠，可！"

"好！"被"唱道情"吸引过来的听众齐声喝彩。戏园主也十分高兴，连说："佩服，佩服！"不但答应借园开锣，还主动借钱给戏班更新了行头。

132.皮匠揭榜

羊毫笔写白鸾笺，鸿雁传书，南来北往；
马蹄刀切黄牛皮，猪鬃引线，东扯西拉。

从前有一个员外，他家小姐才貌双绝，正是谈婚论嫁的年龄，员外决定张榜招婿，以属对定亲。没几天，这事就轰动了十里八乡，前来看热闹的人络绎不绝，但是敢于应对的人却少之又少。这天来了一个英俊青年，说要应对揭榜。员外喜出望外，忙唤使女传小姐出句。小姐当即出了上联："羊毫笔写白鸾笺，鸿雁传书，南来北往。"

这个青年站在一旁洗耳恭听，没费大劲便对出下联："马蹄刀切黄牛皮，猪鬃引线，东扯西拉。"

小姐听罢，不禁一愣，原来揭榜者是一个皮匠啊！好在这个皮匠长得不错，又有文采，遂答应了这门亲事。

133."挖莲郎"巧对"采桑女"

采桑女，摘叶留心等后生；
挖莲郎，盘根摸梗寻佳藕。

从前有一个采桑女，不仅容貌俊美，而且聪慧大方，这年到了适婚年龄，媒婆们纷纷前来提亲。她父母一时拿不定主意，采桑女对父母说："我出个上联，谁能对上就嫁给谁。"这上联是："采桑女，摘叶留心等后生。"

这天来了一个小青年，说自己是种藕的，说着说着便对出下联："挖莲郎，盘根摸梗寻佳藕。"

采桑女听罢，认为对句遣词恰切，声情并茂，再说"挖莲郎"长相也不差，遂答应择日缔结婚约。

这副对联的上联，乍一看说的是采桑叶要留下心，等以后再生，千万不可连心掐光，实际上暗喻采桑女正在留心等着一个如意郎。"等后生"与"寻佳藕"均用谐音双关修辞。"后生"实指青年人，"佳藕"实指佳偶。一个在"等"，一个在"寻"，堪称妙对趣联。

134.老翁求婚

白日堂中，白发邪翁，老皮老肉老骨头，呸！你还不滚下去！哼哼，今生无偶！

红罗帐里，红颜佳人，细眉细腰细肌肤，嘿！我这就迎上来！嘻嘻，前世有缘！

从前有一个富家小姐，年近三十尚未嫁出去，决定以属对择婿。这天有一个老翁前来应对，小姐见了，便指桑骂槐说了一通："白日堂中，白发邪翁，老皮老肉老骨头，呸！你还不滚下去！哼哼，今生无偶！"

老翁以为小姐出的是上联，遂应声对出下联："红罗帐里，红颜佳人，细眉细腰细肌肤，嘿！我这就迎上来！嘻嘻，前世有缘！"

小姐听罢，认为下联恰切，无懈可击，只好答应与老翁拜堂成亲。

135.巧对结姻缘

乾八卦，坤八卦，八八六十四卦，卦卦乾坤已定；
鸾九声，凤九声，九九八十一声，声声鸾凤和鸣。

从前有一个员外，他家小姐才貌双全，一心要嫁给一个才子，便出上联求婿。这上联是："乾八卦，坤八卦，八八六十四卦，卦卦乾坤已定。"

这个上联颇具难度，一时竟无人应对。这天有道人路过此地，看了上联，顿时眉开眼笑，连声称妙。主人听见有人说话，便出门看个究竟。道人说："东乡有一个公子，知书达礼，非才女不娶，曾以下联选配。"员外忙问："仙道可曾记得这位公子的下联？"道人当即复述了一遍："鸾九声，凤九声，九九八十一声，声声鸾凤和鸣。"

员外谢了道人，并把下联告诉了女儿，又差人给对方送去上联。公子一看，喜出望外。不久，二人便确立了婚姻关系。

136.和尚巧对求婚联

长巾帐下女子好，少女更妙；

山石岩前古木枯，此木是柴。

从前有一女子，不但长得好，还能吟诗作对，远近闻名。这天她对提亲者说："谁能对出我的上联，我就嫁给谁。"说完，她把上联写好，直接贴在了自家门上。这上联是："长巾帐下女子好，少女更妙。"

这天从远处来了一个和尚，听说此事，当即上门对出下联："山石岩前古木枯，此木是柴。"

接着，和尚又问能否兑现承诺？这位女子却辩解说："你对是对上了，不过'古木'对'女子'，用词欠工整。"又说："古木可做柴，就算我买了，给你几两碎银，权当化缘钱吧！"和尚撇撇嘴，哑口无言，只得作罢。

137.迎亲联话

女婿潘家，有水有田有米；

媳妇何氏，添人添口添丁。

从前有一个地方，新郎迎亲要先对对子。这天潘家与何家结亲，何家在大门口贴出了上联："女婿潘家，有水有田有米。"

这是一个析字联。从"潘"字中可以析出偏旁"三点水"，其意等同于"水"，又可析出"田""米"二字。

潘家新郎和迎亲的人看到这个上联，顿时愣住了，没有一个人能对出下联，原本喜庆的婚礼变得有些尴尬。此时，一个来看热闹的秀才，为了成全好事，悄悄告诉新郎："媳妇何氏，添人添口添丁。"

新郎听罢，知喜从天降，连忙提笔写了下联。

138.新郎应对

纸裱红鱼，难煎难煮难待客；

脯嵌白鹤，不吃不走不离人。

这天有一个秀才作为伴郎去迎亲，进门看见新娘家挂着一盏鱼形红灯笼，桌上放着文房四宝，红纸上写着半副对联："纸裱红鱼，难煎难煮难待客。"

秀才心里明白，这是让新郎对对子啊！

新郎看了看，拿起笔却写不出下联。没办法，只好暗中请教秀才。秀才悄悄告诉新郎："拍拍胸脯，下联就在你身上。"新郎看看自己穿的马褂，胸前绣着白鹤图案，猛然省悟过来，接着续写了下联："脯嵌白鹤，不吃不走不离人。"

在座的人连连称赞，新郎高兴地迎走了新娘。

139.新媳妇裁联

流水夕阳千古恨；

春花秋月百年愁。

流水夕阳千古；

春花秋月百年。

从前有一户人家，祖孙三代目不识丁。这年他家儿子娶媳妇，请一位老秀才写婚联，因招待不周，老秀才竟然暗中使坏，提笔写了一副丧气联："流水夕阳千古恨；春花秋月百年愁。"

这副对联贴出后，起先没有引起注意，待礼炮响起时才被识字人看出破绽。若要更换，肯定是来不及了。好在新娘识文解字，她看到这副对联时，先是愣了一下，接着想出了补救的办法，示意伴娘裁掉"恨""愁"二字。至此，这副丧气联瞬间变成了吉祥联。

140.裁对联

盛世无须掩闸；
太平不用敲更。

发财户金银尽是；
积善家福寿无穷。

从前有些地方盗贼猖獗，老百姓为过安生日子，常在村中设更夫巡逻，有的还筑起围村高墙，在街口建造闸门，每年除夕，闸门上的对联由各户轮流来贴。

这年轮到老寡妇，她目不识丁，竟把对联贴反了。对联颠倒，谓之不祥之兆。此时天近暮色，在场的人都十分焦急。其中一位私塾先生，经过仔细推敲，想出弥补办法。他安慰大家说："仅把尾字'门''鼓'裁掉，这副对联就算正过来了。"裁字后的这副对联是："盛世无须掩闸；太平不用敲更。"

按照对联平仄规则，要求尾字上仄下平。这副对联中的"闸"字古为仄声，"更"字为平声。

在场的人中有一个土财主，误认为去掉尾字是为了大吉大利，便匆忙回到家中，也将大门对联裁掉两个尾字。原来土财主家的对联是："发财户金银尽是；积善家福寿无穷。"

土财主裁掉两个尾字后，这副对联的意思就全弄反了。此事，至今还被传为笑谈。

141. 袁吉六妙对道台

小孩子褴衫扫地；

老大人红顶冲天。

袁吉六，清光绪举人，曾任湖南第一师范学校教员。

这年袁吉六刚满四岁。有一天，湖南辰沅道台巡视苗区葫芦寨屯务，夜宿一家客栈，住在袁吉六的隔壁，耳闻隔壁书声琅琅，通宵达旦。第二天，道台差人把袁吉六叫到客栈，欲试其才。道台见他身着破旧长衫，遂出了一个上联："小孩子褴衫扫地。"

袁吉六看看道台，灵机一动，当即对出下联："老大人红顶冲天。"

"红顶"，指清代官帽。袁吉六话音刚落，道台便竖起拇指连声称赞："对得妙，对得妙！"说罢，还送给了袁吉六一本书。事后，道台对随从讲："莫道苗乡人愚昧，生平少见此奇才。"从此，袁吉六名扬乡邻。

142. 孙中山智对张之洞

持三寸帖，见一品官，儒生妄敢称兄弟？

行千里路，读万卷书，布衣亦可傲王侯！

清朝光绪时，张之洞任湖广总督，办学堂，建工厂，筹办卢汉铁路，推行了许多新政。这天孙中山途经武昌，想顺便会晤张之洞。到了总督衙门，孙中山向门官递上名片，上书"学者孙文求见之洞兄"。

门官把名片送了进去。张之洞一看求见人没有任何头衔，又与他称兄道弟，心中十分不快，遂问门官："来者何样人？"门官回答说："乃一介儒生。"张之洞点了点头，当即在名片上写了一个上联，让门官送了过去。这上联是："持三寸帖，见一品官，儒生妄敢称兄弟？"

孙中山看罢，略一沉吟，便在这张名片上写出下联，并请门官再次呈送。张之洞见下联气势不凡，这才放下架子，让孙中山进来面谈。这下联是："行千里路，读万卷书，布衣亦可傲王侯！"

143.鲁迅对对子

独角兽；

比目鱼。

鲁迅曾在绍兴城读私塾。这天塾师寿镜吾出了一个上联，让学生属对。这上联是："独角兽。"

其中一个学生率先回答，说下联是"九头鸟"，接着又有学生说下联是"八脚虫"，还有的说是"三腿蟾"。稍后，鲁迅也站起身来，说下联是："比目鱼。"

寿镜吾听罢，连连点头，说鲁迅对得最好，接着又点评道："'独'不是数字，但有'单'的意思；'比'也不是数字，但有'双'的意思。这两个字对得很准。"

144.毛泽东对对子

濯足；

修身。

毛泽东小时候在韶山南岸私塾读书，塾师是邹春培。毛泽东酷爱游泳，邹春培担心出事，规定学生不得私自游泳。这天中午，毛泽东和几个同学偷偷来到池塘戏水。邹春培知道后非常生气，下午上课时，他对学生说："按规定要用戒尺打你们的手心。这次是初犯，我出个对子，只要能对上，我就饶了你们。"接着，邹春培便出了一个上联："濯足。"

毛泽东稍加思考，便对出下联："修身。"

邹春培听罢，顿时有了笑脸，当场宣布免除处罚。

一九五七年，毛泽东在北京会见私塾同窗毛裕初，又谈及此事。毛泽东高兴地说："这个'濯足'就是洗脚，越洗越干净；那个'修身'就是修身养性，努力提高自己的品德修养。"

145.毛泽东巧对萧三

目旁是贵，瞆目不会识贵人；
门内有才，闭门岂能纳才子？

这年毛泽东考入湖南湘乡县立东山高等小学读书，得知同校同学萧三有本《世界英雄豪杰传》，便前去借阅。萧三生性自傲，当时与毛泽东交往不多，遂以属对为由试探毛泽东。萧三率先出句："目旁是贵，瞆目不会识贵人。"

这是一个拆字组合句，不易对上。毛泽东沉思片刻，从容应对："门内有才，闭门岂能纳才子？"

毛泽东不卑不亢，应对工巧。萧三却有点坐不住了，连忙说："请恕小弟无理，贤兄大才，愿为知己，地久天长！"说罢，便将那本书借给了毛泽东，从此二人成为好友。

146.毛泽东为茶楼写对联

为名忙，为利忙，忙里偷闲，喝杯黑茶去；
劳心苦，劳力苦，苦中作乐，拿壶好酒来。

一九一七年暑假，在湖南第一师范学校读书的毛泽东和同学萧子升去外地做社会调查。这天他俩来到安化县城一家茶楼，毛泽东环顾四周，即兴说道："有茶有酒，香飘满楼。"掌柜见客人来了，便问："客官喝茶还是喝酒？"毛泽东回答说："消消暑，来两杯黑茶喝。"接着，掌柜为二人各上了一杯黑茶。毛泽东品了一口，连声赞叹："好茶，好茶，黑茶之乡，果然名不虚传！"掌柜高兴不已，遂请毛泽东为茶楼题写对联。毛泽东稍作思考，欣然写道："为名忙，为利忙，忙里偷闲，喝杯黑茶去；劳心苦，劳力苦，苦中作乐，拿壶好酒来。"

147.毛泽东妙对夏默庵

绿杨枝上鸟声声，春到也，春去也？

青草池中蛙句句，为公乎，为私乎？

夏默庵，清末两湖书院毕业，曾任安化县劝学所劝学长。

这天毛泽东和萧子升在安化拜访宿学旧儒夏默庵。没想到第一次、第二次均被夏默庵拒之门外。第三次，他俩又来到夏默庵家。这次求见，夏默庵忖度良久，决定先试探一下来访者的才学，遂伏案写了一个上联："绿杨枝上鸟声声，春到也，春去也？"

毛泽东看完上联，当即对出下联："青草池中蛙句句，为公乎，为私乎？"

夏默庵见对句胜过出句，自感有愧，遂以礼相待，并连声称赞："对得妙，对得妙！"当晚又留毛泽东和萧子升在家中吃饭过夜，毛泽东还拜读了夏默庵的著作。第二天叙别时，夏默庵又向二人赠送八块银元，以助旅途之用。

148.毛泽东巧对何长工

谷磨磨谷，谷随磨转，磨转谷裂出白米；

门锁锁门，门由锁开，锁开门敞迎故人。

一九二七年，毛泽东率领秋收起义部队进驻井冈山，何长工任第二团党代表。

这天毛泽东出外散步，见一老农在磨坊磨谷，遂向前帮忙，二人边磨边谈。半小时后，警卫员报告说："首长，何代表找您来啦。"

"嗬！在这里参加劳动呐！"何长工跨进磨坊，见状忽有所思，遂出句："谷磨磨谷，谷随磨转，磨转谷裂出白米。"

毛泽东笑着说："好才思，好才思！那个下联我可难对喽。"

回到营区，警卫员开锁推门，毛泽东顿生灵感，回过头来笑着对何长工说："门锁锁门，门由锁开，锁开门敞迎故人。"

何长工听罢，连忙点头称赞："润之文采好，文采好！对得工整，又富有情趣。"

149. 毛泽东戏作绝对

新闻胡，出版胡，二胡拉拉唱唱。

这天毛泽东与文化界人士座谈，正式开始前，见新闻署长胡乔木、出版署长胡愈之在一边笑谈，毛泽东顿生雅趣，遂戏作上联，请众人应对。这上联是："新闻胡，出版胡，二胡拉拉唱唱。"

"二胡"为传统拉弦乐器，在此一语双关，借指胡乔木、胡愈之。

众人听罢，沉思良久，均表示无以为对，这个上联遂成绝对。

150. 郭沫若对章士钊句

此老通古今文史；
斯人教天下英才。

一九六五年，毛泽东在中南海邀请郭沫若、周世钊、章士钊等人做客。其中周世钊、章士钊是湖南老乡，周世钊还曾担任过湖南第一师范学校校长。他们聊着聊着就聊到了袁吉六。早年袁吉六在湖南第一师范学校担任教员，为毛泽东上过国文课。由此，章士钊即兴出句："此老通古今文史。"

郭沫若听罢，当即对出下联："斯人教天下英才。"

毛泽东笑着说："'英才'过誉了，但'教天下'符合袁老的身份啊！"

卷

二

1.杨贵妃妙对唐玄宗

二人土上坐；

一月日边明。

相传唐玄宗李隆基曾为杨贵妃筑一妆台。这天晚上玉兔东升，月光如水，唐玄宗在妆台即景出句："二人土上坐。"

杨贵妃机敏伶俐，接着便对出下联："一月日边明。"

这副对联用析字修辞。上联将"坐"字析为"二人土上"。下联将"明"字析为"一月日边"，同时又以"月""日"比拟二人依附关系，寓意含蓄，颇具妙趣。

唐玄宗听罢，不禁赞叹："贵妃才貌双全啊！"

2.一联得宠

二人土上坐；

一月日边明。

金朝中都东北郊有座离宫，章宗完颜璟常来此游幸。这天在广寒殿中，他对妃嫔即兴吟句："二人土上坐。"

说罢，便有一个妃子率先对出下联："一月日边明。"

妃子以"月"喻己，以"日"喻章宗，对得巧妙。章宗听后欢心，遂封她为贵妃。一生荣耀，竟因一联而得，可谓妙对矣。

3.戴叔伦对塾师句

白店白鸡啼白昼；
黄村黄犬吠黄昏。

苇秆织席席盖苇；
牛皮拧鞭鞭打牛。

唐朝诗人戴叔伦自幼擅长属对。这天他随塾师外出游玩，行至白店村，见一只白公鸡正引颈高啼，塾师即兴出句："白店白鸡啼白昼。"

戴叔伦听罢，竟一时无以为对。后来，他俩来到一个叫黄村的地方，恰巧碰到一只黄狗"汪汪"大叫，而此时已经日头偏西，戴叔伦灵机一动，这才对出下联："黄村黄犬吠黄昏。"

在返回途中，他俩经过一片芦苇地，塾师又出句："苇秆织席席盖苇。"

此时，恰逢一个牧童骑着牛从他们身边走过。戴叔伦见牧童拿着鞭子，时不时的还要抽打几下，遂对出下联："牛皮拧鞭鞭打牛。"

4.秀才自对旧句

白店白鸡啼白昼；
黄村黄犬吠黄昏。

这天有一个秀才来到白店村，时已中午，见一只大白公鸡正引颈啼喔。秀才顿生灵感，即兴出句："白店白鸡啼白昼。"

这个出句用了三个"白"字，因此对起来颇具难度。秀才想来想去，却怎么也想不出下联，遂自语："今之出句，岂是绝对乎？"

一晃几年过去了。这天秀才路过一个叫黄村的地方，时已傍晚，见一只大黄狗站在村头"汪汪"吠叫。秀才才思敏捷，想起数年前的那个"绝对"，当即吟出下联："黄村黄犬吠黄昏。"

5.秀才巧对住持联

> 万砖千瓦，百匠造成十佛寺；
> 一舟二橹，三人摇过四平桥。

相传唐大历时，长安城外有座十佛寺，庙宇巍峨，香火鼎盛，但凡投考的秀才，常常来这里求签问卜，以至人满为患。本寺住持慧能和尚想出一个妙招，他拟了一个上联，称凡能对出下联者才予以接待，否则一概辞谢。这上联是："万砖千瓦，百匠造成十佛寺。"

自此，许多人望"联"兴叹，只好折路返回。这天一个乘船而来的秀才，以沿途经历巧成下联，并请慧能斧正。这下联是："一舟二橹，三人摇过四平桥。"

慧能听罢，连声称赞。

6.周渔璜巧对秀才联

> 万砖千瓦，百匠造成十佛寺；
> 一船二桨，四人摇过八仙桥。

清朝才子周渔璜，这天去十佛寺进香，时值黄昏，便住在了寺里，半夜三更，突然听见隔壁传来阵阵呻吟声。第二天，周渔璜问寺中住持，得知那个房间住着一个秀才。这个秀才前几天路过十佛寺，即兴吟得一个上联，本想再对下联，却苦吟无果，竟然因此得了一场大病。这上联是："万砖千瓦，百匠造成十佛寺。"

周渔璜说自己可以试对下联，谁知半晌过去了，周渔璜也没有对出下联，遂乘船离开了十佛寺。周渔璜途中经过一座桥，见桥上刻着"八仙桥"三个字。此情此景，让他心中豁然开朗，便吩咐撑船人掉转船头，赶快返回十佛寺。周渔璜告诉秀才，说下联有了。这下联是："一船二桨，四人摇过八仙桥。"

秀才听罢，顿时精神大振，并连声称赞："妙联，妙联！"

7.长老出联难秀才

万砖千瓦，百匠造成十佛寺；

一舟二橹，三人摇过四仙桥。

从前有两个秀才去省城参加乡试，中途夜宿十佛寺，长老欲试其才，便出了一个上联："万砖千瓦，百匠造成十佛寺。"

这两个秀才沉思良久，也没能对出下联。第二天一早便悄悄地离开了十佛寺，他俩坐在木船上，船行二里，经过一座石桥，名叫四仙桥，其中一个秀才突然说道："有了，有了！"船夫感到莫名其妙，问其原因，才知道秀才对出了下联："一舟二橹，三人摇过四仙桥。"

8.一副漏字联

二三四五；

六七八九。

唐朝诗人白居易，这年升任谏议大夫，为体察舆情，他经常去民间走访。除夕这天，白居易来到京城郊外，看到一户人家的大门上贴着一副对联："二三四五；六七八九。"横批："南北。"

白居易初看不知所云，还以为是一种文字游戏哩！稍后略加沉思，才悟出真谛。原来这是一副漏字联，按照习惯从一到十数数，上联缺"一"，下联少"十"，取其谐音"缺衣少食"；横批只有"南北"，没有"东西"，说明"没有东西用"。白居易进门一看，果然一贫如洗，当场令侍从取些碎银给予救济。

经过这次走访，白居易了解到许多社会弊端，他把建议写成奏章并呈送给皇帝，但他仍然觉得意犹未尽，又写了《秦中吟十首》《新乐府五十首》等讽喻诗，其中一些诗篇广为人知且影响深远。

9.吕蒙正写春联

二三四五；

六七八九。

吕蒙正少时与母亲相依为命，家境十分贫寒。这年除夕，吕蒙正写了一副春联贴在自家门上，没过多久就来了一大群看热闹的人。这副春联是："二三四五；六七八九。"横批："南北。"

众人莫名其妙，都站在那里嘀咕。稍后，一个老秀才看出了道道，他解释说："这是一副缺头缺尾对联。上联缺'一'，是说缺衣服穿；下联缺'十'，是说粮食不够吃的。横批只有'南北'，是说没有东西过年呀！"

吕蒙正听罢，赶紧走出屋来，说："先生所言极是，我这大过年的，家里缺衣少食，没有东西，谁要是不信，可到屋里瞧瞧。"看热闹的人全都笑了，其中有人说："吕蒙正写的这副春联，怪有意思的。"

后来，吕蒙正发奋读书，北宋太平兴国时中得状元，历任翰林学士、户部尚书、宰相等职。

10.全是数字的对联

二三四五；

六七八九。

清朝乾隆时，郑板桥任山东潍县知县，相传他经常微服私访，体察民情。这年除夕之夜，他见一户人家的大门上贴着一副数字对联："二三四五；六七八九。"

郑板桥二话没说，当即差人送来衣物、米面救济户主。事后有人不解，郑板桥解释说："这是一副特殊的对联，上联缺'一'，下联少'十'，说明这户人家缺'衣'少'食'，没法过年啊！"

11.欧阳修进城

开关早，关关迟，放过客过关；

出对易，对对难，请先生先对。

北宋天圣进士欧阳修，年轻时曾四处奔波求学。这天傍晚，他来到一座城下，见城门已关，便恳求守城门吏："烦请开门，权放学生进去。"门吏想难为一下欧阳修，遂提出条件："我出一个上联给你，对上了，放你进城；对不上，明天早晨再进。"这上联是："开关早，关关迟，放过客过关。"

欧阳修听罢，接着说了一句："出对易，对对难，请先生先对。"

门吏一时没有转过弯来，竟说："你对不上，就不放你进来。"欧阳修说："我已经对上了。"

门吏一想，这才恍然大悟，遂让欧阳修进了城门。

12.牧童智对秀才联

开关早，关关迟，放过客过关；

出对易，对对难，请先生先对。

相传有一个秀才，自以为才高学广，常目中无人。这天他将自己撰写的一个上联贴在山海关城门旁，然后又洋洋得意地对围观者说："谁能对上，将重赏。"这上联是："开关早，关关迟，放过客过关。"

此时，一个牧童路过这里，当即对出下联："出对易，对对难，请先生先对。"

秀才听罢，竟一时没有醒过神来，以为牧童在轻蔑自己，正要张口说些什么，却被一个塾师制止住了，塾师说："这个牧童已经对出来了。虽然尾字平仄失调，但以内容为先，也只好这个样子。"秀才恍然大悟，自知丢了脸面，在众人催促之下，一溜烟，便没了踪影。

13.主考官对秀才句

出对易，对对难，请先生先对；

入关迟，关关早，阻过客过关。

从前有个秀才去省城参加乡试，由于对不上主考官出的对联题目而交了白卷。秀才愤愤不平，遂对主考官说："你出句我对不上，难道我出句你就能对得上吗？"主考官自恃才高，并无愠色，反而笑着说："你这个秀才居然也可以考我吗？好吧，那就请试一试吧！"秀才略一沉吟，当即出句："出对易，对对难，请先生先对。"

这一出句看似随便说来，其实叠字连用，暗藏机巧。主考官一时不知所措，便借故脱身而去。后来，这位主考官因私外出，返回时迟了一点，临近城下，却发现城门已经关闭。此时，他即景生情，居然对出下联："入关迟，关关早，阻过客过关。"

14.小童生巧应对

小童生暗藏春色；

老宗师明察秋毫。

鸦噪鹊啼，并立枝头谈福患；

燕来雁往，相逢路上话春秋。

北宋欧阳修知颍州时注重选拔人才，每逢当地举办科举考试，他都要亲临现场。这天他遇见一个考生，手里拿着一朵鲜花，边走边闻地走进了考场。此时主考官已经坐在台上，考生看到主考官后，急忙把花塞入袖中。欧阳修感到好笑，随意说了一句："小童生暗藏春色。"

小童生听罢，躬身一揖，开口说道："老宗师明察秋毫。"

欧阳修喜出望外，又出了一个上联："鸦噪鹊啼，并立枝头谈福患。"

小童生略一沉吟，便对出下联："燕来雁往，相逢路上话春秋。"

欧阳修连声称赞，说小童生聪明伶俐，这次考试定能一举夺魁。

15.文天祥巧对主考官

小童生暗藏春色；

老宗师明察秋毫。

南宋宝祐状元文天祥，小时候聪明伶俐，气宇轩昂，且擅长属对。这天他参加童试，主考官见他袖里藏花，边走边玩，遂出句戏谑道："小童生暗藏春色。"

文天祥望了望主考官，灵机一动，当即对句："老宗师明察秋毫。"

主考官喜形于色，当场记下文天祥的名字，结果取为秀才第一。

16.苏东坡对绝对

孤山独庙，单枪匹马一将军；

夹江两岸，双钓对举二渔翁。

北宋苏东坡，这天在夹江县拜谒张飞庙，见山门仅存上联："孤山独庙，单枪匹马一将军。"

苏东坡问垂钓渔翁："这副对联怎么不成对呢？"渔翁回答说："这庙修起不久，来了一个云游和尚，提笔写了上联，后来很多人想对下联，都没有对起，大家都说这是一副绝对。"

苏东坡仔细一琢磨，还真是的！这个上联用字奇绝，"孤""独""单""匹""一"全是奇数。若对下联，确实难度不小。此时，江对岸又走来一个垂钓者，苏东坡顿生灵感，朝着这边渔翁喊了一声："有了，我对起了！"这下联是："夹江两岸，双钓对举二渔翁。"

17.苏东坡续下联

孤山独庙，单枪匹马一将军；

夹江两岸，双钓对钓二渔翁。

这天苏东坡途经夹江县城，顺便游览了青衣江。他来到岸边的一座小山上，看见这里有一座小庙，供奉着三国名将张飞，右边楹柱上刻着半副对联："孤山独庙，单枪匹马一将军。"

苏东坡听守庙老人讲："那年把庙建好后，请夹江知县来写对联，知县写好上联，却没能想出下联，只得空出下联位置，留待高人赐句。"苏东坡若有所思，他向青衣江望了一眼，看见两个渔翁正在垂钓，江这边一个，江那边一个，遂即兴对出下联："夹江两岸，双钓对钓二渔翁。"

18.秦少游对苏东坡句

踏破磊桥三块石；

剪开出字两重山。

这天苏东坡与妹妹苏小妹、妹夫秦少游一起去游春，他们走在乡间小路上，途经一座石桥，苏东坡即景出句，让秦少游应对。这出句是："踏破磊桥三块石。"

这座石桥是用三块石头砌成的，故名磊桥。苏东坡在出句中将"磊"字拆分为"三块石"，以析字修辞，对起来颇具难度。秦少游一时无以为对。苏小妹看着丈夫尴尬难堪的样子，遂用手指比划出一个"出"字。秦少游顿时大悟，这才对出下联："剪开出字两重山。"

19.李调元对童子联

踢破磊桥三块石；

分开出路两重山。

清乾隆进士李调元，这年在广东担任学政，当地有一个童子，为了能和李调元对对子，便故意在李调元必经之地，用三块石头垒了一个石桥。有一天，李调元坐轿至此，石桥被轿夫踢倒，童子出了一个上联，请李调元属对。这上联是："踢破磊桥三块石。"

李调元听罢，连说："出句绝妙，'磊'本有三个'石'……难对呀，难对！"继而抬头远望，但见远处群峰叠影，山山相连，遂触动文思，当即对出下联："分开出路两重山。"

20.村童难倒李调元

踏破磊桥三块石；

剪开出字两重山。

从前有一个村童，他在路旁用三块石头垒了一个石桥。这天李调元外出郊游，看到石桥后感觉好奇，便用脚踩了一下，村童见石桥坍塌，遂出句："踏破磊桥三块石。"

李调元听罢，连忙夸赞村童出句甚妙。村童问李调元能否对出下联。李调元沉思良久，终未得句。回到家中，李调元又沉浸在苦思对句之中。其妻见状，忙问原由。李调元如实告之。其妻劝慰说："这有何难，将'出'字剪开，不就对上了吗！"

第二天，李调元找到村童，说下联有了。这下联是："剪开出字两重山。"

21.苏东坡妙对门生联

冻雨洒窗，东二点，西三点；

切瓜分客，横七刀，竖八刀。

北宋苏东坡有个门生，春寒之日独坐家中书房，窗外阴雨连绵，雨点溅落在窗户上，东二点，西三点，由此吟得上联："冻雨洒窗，东二点，西三点。"

接着他又寻思下联，吟来吟去，仍无以为对，只好作罢。后来，他向苏东坡请教，时值酷暑，苏东坡并不急于应对，只是默默地切开一个西瓜，请门生吃瓜解暑。门生见苏东坡总不开口，便再次恳求恩师赐对。苏东坡指着西瓜，这才说出下联："切瓜分客，横七刀，竖八刀。"

门生听罢，恍然大悟。上联以"冻""洒"析字，得句"东二点""西三点"。苏东坡则以"切""分"析字，得句"横七刀""竖八刀"，与上联珠联璧合。从此，他对苏东坡更加崇拜了。

22.蒋焘应对

冻雨洒窗，东二点，西三点；

切瓜分客，横七刀，竖八刀。

明朝蒋焘自幼才思敏捷，能诗善对，十一岁中秀才。这天父亲的几个朋友来访，他们围坐在一起吟诗属对。突然乌云密布，接着就下起了大雨，雨点噼里啪啦地打在窗户上，其中一个客人触景生情，即兴出句："冻雨洒窗，东二点，西三点。"

这一出句颇具难度，一时气氛沉闷，没人吱声，就连切好的西瓜也都忘记吃了。正在大家发愁时，站在一旁的蒋焘，望着桌子上的西瓜，不知不觉哼出了下联："切瓜分客，横七刀，竖八刀。"

蒋焘说罢，满座惊叹。

23.夫妻巧对

冻雨洒窗，东二点，西三点；

切瓜分片，横七刀，竖八刀。

相传古时候有位才子，擅长吟诗作对。这天他正和妻子在家里吃西瓜，忽然风雨交加，雨点打着窗户直响。才子以此为题作了一个上联："冻雨洒窗，东二点，西三点。"

才子吟完上联，颇为得意，急忙向妻子解释说："将'冻'和'洒'分别拆开，正好是第二句'东二点'、第三句'西三点'。这是上联的奇妙之处。"

妻子让他吟出下联，才子却无以为对。妻子莞尔一笑，指着切开的西瓜，即景吟出下联："切瓜分片，横七刀，竖八刀。"

才子听罢，赞叹不已。因为他知道妻子的下联，也是将"切""分"二字分别拆开，正好是第二句"横七刀"、第三句"竖八刀"。

24. 苏东坡巧释哑语

独塔巍巍，七级四方八面；

只手摆摆，五指两短三长。

北宋嘉祐进士苏东坡，这年升任礼部尚书，有一天他陪同异国使者到郊外游览，在一座古塔前，使者见附近有农夫耕地，便出了一个上联，请农夫对下联。这上联是："独塔巍巍，七级四方八面。"

农夫听罢，摇了摇手，便转身而去。使者以为农夫不识字，不会对对子。苏东坡连忙解释说："农夫是用哑语对的下联。"又说这哑语的意思是："只手摆摆，五指两短三长。"

使者听罢，惊叹不已。

25. 李蟠巧释对句

一塔巍巍，七层四方八面；

只手摆摆，五指两短三长。

这天紫禁城保和殿正在举办殿试，其中一个人率先交卷，读卷官看了看试卷，然后问道："你是李蟠，家住徐州府铜山县？"李蟠回答："是，大人。"阅卷官连忙把卷子转给亲王、大臣们审阅。亲王看后说："这文笔着实妙极，堪称一甲首名。"经过钦定，李蟠中了状元。当着康熙帝的面，李蟠动情地说："小人之才，不过秤称斗量耳，实不如吾乡村妇孺之能。"皇帝不信，密令翰林院派人到铜山实地查访。

这天查访的人来到铜山城外奎山塔下，见一村妇正在锄地，便考问道："本钦差以'奎山塔'为题出句，令你马上对出来！"这出句是："一塔巍巍，七层四方八面。"

这位村妇只是摆了摆手，却始终不肯说话。钦差回京禀报，皇帝知道后，说李蟠犯了欺君之罪。李蟠辩称："村妇不屑与他说话，只拿手示意，其实已经对上了。"又说村妇"摆手"的意思是："只手摆摆，五指两短三长。"

皇帝听罢，连声自叹："真没想到，铜山村妇还有如此才智啊！"

26.刘权之巧释对句

孤塔耸耸，七层四方八面；

一掌平平，五指两短三长。

清乾隆进士刘权之很重视选拔人才。这年他到湖南长沙督办乡试，主考官告诉他："昨天游岳麓山，考生们到江边送行，我见江边有一塔，遂即景出句，想再试一试这些考生的文字水平。"这出句是："孤塔耸耸，七层四方八面。"

主考官又说："直到开船，也没有人对出下联，倒是有一个考生频频向我挥手示意。"刘权之听到这里，忙说："这个考生对上了。"又说"挥手"的意思是："一掌平平，五指两短三长。"

27.苏东坡写隐字联

君子之交淡如；

醉翁之意不在。

北宋名士苏东坡，这天去看望佛印和尚，佛印以茶水相待，二人边喝边聊。佛印说："老衲门上少了一副对联，请施主惠赠一副可好？"苏东坡说："不妨二人合写一副。"佛印说："如此甚妙！那就让贫僧先出上联吧！"这上联是："君子之交淡如。"

苏东坡想了一想，便对出下联："醉翁之意不在。"

"君子之交淡如水"为古人成句，佛印改化为上联，并隐去"水"字。"醉翁之意不在酒"为北宋文学家欧阳修句，苏东坡改化为下联，并隐去"酒"字。上联下联切情切景，妙句天成。苏东坡临走时又展纸挥毫，为佛印书写了这副对联。

28.秀才送寿礼

君子之交淡如；

醉翁之意不在。

明朝有一个秀才，这天参加朋友寿宴，因没钱买酒，便持一瓶水前往赴宴，怕朋友产生误会，见面便说了一句："君子之交淡如。"

这句话隐去了"水"字，暗示以水代酒致贺，又表明彼此乃君子之交。"君子之交淡如水"出自《庄子·山水》。"淡"，本意指味不浓。比喻表面不亲密，但性情相投。

朋友知道他穷，应声说了一句："醉翁之意不在。"

这句话隐去了"酒"字，表明自己不在乎是不是酒，只要友情在，水比酒还淳。"醉翁之意不在酒"出自北宋欧阳修《醉翁亭记》。

29.苏东坡题赠住持联

坐，请坐，请上坐；

茶，敬茶，敬香茶。

北宋苏东坡平常不讲究衣着，任性而去，适意而来。这天他穿着一件普通的长衫到佛寺观碑。住持以衣冠取人，先让苏东坡坐下，又招呼小和尚上杯茶来，以尽佛门之礼。苏东坡没有吱声，径直来到碑前品读碑文。住持见这位来客举止非凡，就赶紧跟着献殷勤："施主，请坐！"又招呼小和尚快快"敬茶"。这时，从外面进来一位香客，看见苏东坡，当即惊呼道："苏大人，您怎么一个人在这里呢?"住持一听香客这么喊，方才醒悟过来，原来这个人是苏东坡啊!遂卑躬屈膝走上前去，说："施主，请上坐!"同时又喊小和尚"敬香茶"!

苏东坡作为贵客被请进方丈室。住持盛情招待一番后，便捧出笔墨纸砚，恳请苏东坡"为贫僧写副对联"。苏东坡略一沉吟，便写了这副对联："坐，请坐，请上坐;茶，敬茶，敬香茶。"

30.郑板桥戏方丈联

坐，请坐，请上坐;

茶，敬茶，敬香茶。

清朝乾隆时，郑板桥辞官返乡闲居。这天他去佛寺观赏字画，方丈见来者貌不惊人，看得却十分认真，不得不招呼一声:"坐。"然后又漫不经心地叫小和尚过来上"茶"。经过一阵攀谈，方丈得知郑板桥是自己的同乡，便立刻热情起来:"请坐。"又招呼小和尚"敬茶"。在评论字画时，郑板桥无意中暴露了自己的身份。方丈惊喜万分，连忙拉过官帽椅子，叠声而道:"请上坐!"又急忙让小和尚"敬香茶"。

茶过半时，方丈请郑板桥留下墨宝。郑板桥想了想，遂提笔写下一副对联:"坐，请坐，请上坐;茶，敬茶，敬香茶。"

方丈看罢，后悔自己不该凭衣冠取人，直窘得满脸通红。

31.阮元写联

坐，请坐，请上坐;

茶，敬茶，敬香茶。

清乾隆进士阮元，这年辞官归隐故里。有一天，阮元去扬州平山堂游览，方丈见他衣着平常，认为就是一个闲玩者，便不冷不热地招呼了一声："坐。"又朝小和尚喊了一声："茶。"

经过叙谈，方丈发现来者不凡，遂邀至厢房"请坐"，又吩咐小和尚"敬茶"。其后，方丈得知来者是阮元大人，这才热情起来，一边说"请上坐"，一边又特意吩咐小和尚"敬香茶"。

一番客套之后，方丈恳请阮元留点墨迹，阮元欣然提笔，为方丈写了一副对联作为纪念。这对联是："坐，请坐，请上坐；茶，敬茶，敬香茶。"

32.父子中秋对

半夜二更半；
中秋八月中。

北宋苏东坡，这年中秋节与家人一起赏月，时至半夜，苏东坡即兴出句，想试试晚辈才学。这出句是："半夜二更半。"

最后，只有小儿子苏过对出下联："中秋八月中。"

苏东坡听罢，顿感惊喜。

古时候将一夜分为五更，"五更"折半等于"二更半"，恰好是"半夜"时辰。"八月中"即"八月十五"，恰好是中秋节，谓之中秋。

33.金圣叹绝命对

半夜二更半；
中秋八月中。

金圣叹是明末清初文学批评家。相传他曾到一处佛寺闲住，半夜起来想批点佛经，遂找到老和尚说明来意。老和尚说："我有个上联，你对得上，我就把佛经拿来让你批点；对不上，我只好谢绝了。"当时正是半夜时分，老和尚不假思索，便说出上联："半夜二更半。"

金圣叹沉思良久，也没有对出下联，只得扫兴而归。

后来，金圣叹为抗粮哭庙，犯了大罪，临刑时正值中秋，他猛然想起那个上联，遂对出下联："中秋八月中。"

金圣叹赶忙嘱托儿子去告诉那个老和尚。老和尚听罢，连声叹息，说："金圣叹再也没有缘分批点佛经了。"

34.苏小妹出句

烛上画龙，水里龙从火里去；
鞋尖绣凤，天边凤向地边飞。

这天北宋才女苏小妹举办婚礼，一些文人墨客得知后纷纷前来闹喜。他们你一言我一语，有的要新郎提壶，有的让新娘捧杯敬茶。苏小妹满口答应，但有个条件，就是由她出句，谁能在一刻钟内对出下联，她就敬谁。接着，苏小妹便以洞房"蜡烛"为题出句："烛上画龙，水里龙从火里去。"

众人听罢，个个抓耳挠腮，却无以为对。稍后，这些人自知无趣，便告别新郎新娘，准备打道回府。苏小妹抬脚出门相送，此时却有人宣称："下联有了！"众人讨教，这个人指着苏小妹的绣花鞋说："鞋尖绣凤，天边凤向地边飞。"

在场的人听罢，个个连声称赞："妙哉，妙哉！"

35.解缙出句难新娘

小孩无知嫌路窄；
大嫂有志恨天低。

红烛蟠龙，水里龙由火里出；
花鞋绣凤，天边凤从地边飞。

明朝神童解缙，能诗善对，但却顽皮逗人。这天他堂兄结婚，新娘下轿后，解缙却站在中间不肯让路，要与新娘属对，说答对了才让路，遂出句："小孩无知嫌路窄。"

新娘乃大家闺秀，才思敏捷，听罢出句便对出下联："大嫂有志恨天低。"

解缙心中暗自佩服，只得作揖让路。新婚夫妇欲入洞房时，解缙又站在门口拦截。新娘笑问："你又要出何句？"解缙看了看燃着的红蜡烛，即景出了上联："红烛蟠龙，水里龙由火里出。"

新娘低头沉思，看到绣花鞋，忽然灵机一动，便吟出下联："花鞋绣凤，天边凤从地边飞。"

36.汤显祖应对夫人句

红烛蟠龙，水里龙由火里出；
花鞋绣凤，天边凤从地边飞。

明朝汤夫人是个大家闺秀，才学很高。传说她与戏曲家汤显祖在新婚之夜以对对子为题，开了个小小的玩笑。新婚那天，夫妻双双进入洞房，汤夫人笑着说："早听说汤才子学识不凡，今晚我出个对子，你对得上就上床，对不上就坐到天亮。"汤夫人说罢，便以旁边"红蜡烛"为题，吟出上联："红烛蟠龙，水里龙由火里出。"

汤显祖在新房徘徊良久，也没有想出对句，索性坐在床头，沉思低吟。此时汤夫人脱鞋上床，汤显祖看到绣花鞋，心头一乐，便对出下联："花鞋绣凤，天边凤从地边飞。"

汤夫人莞尔一笑，口称妙对，遂邀丈夫同床共枕。

37.王安石巧用联句

走马灯，灯走马，灯熄马停步；

飞虎旗，旗飞虎，旗卷虎藏身。

北宋王安石二十岁时赴京赶考，途经一村庄，见一户人家的大门上挂着一盏走马灯，墙上贴着征联启事。这上联是："走马灯，灯走马，灯熄马停步。"

王安石驻足想了半天，也没能想出下联。说来也巧，到了京城，主考官以城头"飞虎旗"为题出句，让考生属对。这出句是："飞虎旗，旗飞虎，旗卷虎藏身。"

王安石分析出句，以"身"字平声为由，推定这个出句应该作为下联才算正格，便借用途中那户人家的上联应对，竟然中了进士。

这天王安石离京返乡，途中听说那个征联至今仍无以为对，遂以主考官出句作为下联应对，户主听罢，竟连声称赞："对得巧，对得妙！"

38.举人巧对成双喜

走马灯，灯走马，灯熄马停步；

飞虎旗，旗飞虎，旗卷虎藏身。

明朝有一个举人赴京赶考，在路上看到一户人家的门楼里悬挂着一盏走马灯，上面写着一个上联，听路人说，这户人家正在征联招亲。这上联是："走马灯，灯走马，灯熄马停步。"

举人一时对不出，只好默记心中。到了京城，主考官以"飞虎旗"为题出了一个下联，让考生对出上联。这下联是："飞虎旗，旗飞虎，旗卷虎藏身。"

举人不假思索，以招亲告示上的上联率先应对。主考官见他脱口而答，以为才思敏捷，遂取为进士。这天举人锦衣返乡，途中又见那个招亲上联，听说还没有人对出来，他便借用主考官所出下联应对，竟然被户主相中，并招为快婿。

举人喜上加喜。在新婚之夜，他并排写了两个"喜"字。相传结婚贴双喜，就是从他开始的。

39.论佛巧对

老欲依僧；

急则抱佛。

北宋庆历进士王安石，这天宴请一个客人，酒后闲论沙门道，王安石即兴说了一句："老欲依僧。"

客人听罢，当即对句："急则抱佛。"

王安石又说："我这个出句，前面加个'投'字，就是一句古诗。"客人谐谑道："大人既然伸头，我在这里只好伸脚了，'急则抱佛脚'是一句俗语。以俗语对古诗，也还说得过去。"

"投""头"谐音。王安石说前面加个"投"字，客人则以"伸头"戏言。

40.偶拾工对

老欲依僧；

急则抱佛。

这年王安石升任宰相，有一次他对客人怅然叹道："投老欲依僧耳。"客人说："急则抱佛脚。"王安石笑了笑，又说："'投老欲依僧'是全用古人成句"。客人又说："'急则抱佛脚'是民间俗语。如果你的上句去掉'投'字，我的下句去掉'脚'字，岂不是一副工对吗？"王安石听罢，遂将这副对联念了一遍："老欲依僧；急则抱佛。"

说罢，二人哈哈大笑起来。

41.朱元璋出谜联

> 白蛇过江，头顶一轮红日；
> 麻鸭游水，脚踏万顷绿波。

> 白蛇过江，头顶一轮红日；
> 青龙挂壁，身披万点金星。

这天明朝大臣刘伯温陪同皇帝朱元璋微服私访，傍晚来到一农户家，说是要讨口水喝，户主连忙点灯、沏茶，朱元璋见油灯亮了，心思一动，便出了一个上联："白蛇过江，头顶一轮红日。"

刘伯温听罢，也没有仔细琢磨，想起进屋前看到一只鸭子在戏水，遂对出下联："麻鸭游水，脚踏万顷绿波。"

朱元璋哈哈大笑起来，说："我这上联是一个谜语，你的下联是谜语吗？"

原来，朱元璋的上联说的是常用物件"油灯"。灯芯是白色的细绳，因为下面泡在灯油里，自然是"白蛇过江"；点燃灯芯后，灯头火苗呈红色，当然是"头顶一轮红日"了。

刘伯温仔细一想，这才知道上联暗藏谜底"油灯"。稍后，刘伯温看到农户家的墙壁上挂着一个秤杆，顿时来了灵感，即兴对出下联："青龙挂壁，身披万点金星。"

朱元璋这才端起茶碗喝了一口，连说："工对，工对！"

42.徐文长巧对谜语联

> 白蛇过江，头顶一轮红日；

乌龙上壁，身披万点金星。

明朝才子徐文长，这天去杭州西湖总宜园看灯展，见一群人聚集在大门口，正在对着一个上联猜谜底。这上联是："白蛇过江，头顶一轮红日。"

徐文长走近一看，在这个上联的下面还写着一行小字："打一日常物件，并对出下联。"

当时在场的人，有的抓耳挠腮，却不解其意；有的之乎者也，吟来吟去，试图一展才学；有的摇摇头便离开了。此时站在一旁的徐文长，却暗自窃笑，心想这谜底不是一盏"油灯"吗！不过，他一时也没能想出下联。因为他知道这个下联必须兼做谜语，才能与上联相映成趣。不经意间，他看到门房墙上挂着一个秤杆，顿时喜出望外，遂大声说道："下联有了！"这下联是："乌龙上壁，身披万点金星。"

43.神童解缙应对

醉爱羲之迹；
狂吟白也诗。

风吹马尾千条线；
日照龙鳞万点金。

龙不吟，虎不啸，鱼不跃，蟾不跳，笑煞落头刘海；
车无轮，马无鞍，象无牙，炮无烟，活捉寨内将军。

明朝神童解缙能诗善对，有一位相爷想考考他，便差人把解缙叫到家中，相爷指着墙上的一幅书法作品，即兴出了一个上联："醉爱羲之迹。"

解缙知道，"羲之"是东晋书法家王羲之的名字，"之"又是虚词，但要下联对得工整，也必须按照"羲之"遣词造句。他稍加思考，便对出下联："狂吟白也诗。"

"白也"出自唐朝诗人杜甫《春日忆李白》，其中有"白也诗无敌"句。"白也"本来不是人名，但可以代指李白。解缙机智对出这个下联，得到相爷赞许，接着相爷又出句："风吹马尾千条线。"

解缙当即对出下联："日照龙鳞万点金。"

相爷见出句再难，也难不住解缙，遂指着客厅屏风画，又出了一个上联："龙不吟，虎不啸，鱼不跃，蟾不跳，笑煞落头刘海。"

解缙则指着案几上的一盘残棋，略一沉吟，便对出下联："车无轮，马无鞍，象无牙，炮无烟，活捉寨内将军。"

相爷听罢，拍案叫绝，说："神童解缙名不虚传，将来一定能成大器。"

44.王士禛巧对祖父句

醉爱羲之迹；
狂吟白也诗。

清朝王士禛《香祖笔记》记载，他的从叔祖王象咸，明末为光禄寺署丞，擅长草书，曾奉崇祯帝之诏书写宫中屏风。这天祖父请王象咸喝酒，将近结束时，孙儿们纷纷上前求取墨迹。当时他还年幼，祖父拿着一杯酒出句，要他应对。这出句是："醉爱羲之迹。"

王士禛听罢，应声对出下联："狂吟白也诗。"

祖父大喜，就把这杯酒赏给了他。

45.王士禛巧应对

醉爱羲之迹；
狂吟白也诗。

清顺治进士王士禛，幼时聪慧，且能诗善对。他的从叔祖王象咸是明末清初书法家，尤工草书，而且特别推崇王羲之的书法，简直到了入迷的程度。这天王象咸喝醉了酒，便乘兴写了一幅草书，写完掷笔大呼："醉爱羲之迹。"

此时，王士禛正在院子里和其他小孩玩耍。王象咸把他们叫到跟前，顺手摸出一串铜钱，说："谁能对出下联，我就赏钱给你们买糖吃。"小孩们听罢，个个抓耳挠腮，却没有一个人能对出下联。此时，站在一旁的王士禛靠近从叔祖说："先给钱，再对下联。"说完便学着从叔祖的样子，大声喊了一句："狂吟白也诗。"

从叔祖听罢，连称："妙对，妙对！"王士禛喜出望外，说了声："买糖去了。"便和几个小孩跑了出去。

46.解缙未对之对

一杯清茶，解解解元之渴。

明朝翰林院学士解缙，在乡试中曾中解元，人称解解元。这天他去一个尚书家做客。尚书有一个女儿，能诗善对，她知道解缙是个大才子，这次便借着敬茶的机会，给解缙出了一个上联："一杯清茶，解解解元之渴。"

解缙品了品茶，便沉思起来，心想这个上联连用三个"解"字，第一个"解"是解渴的解，第二个"解"是解姓的解，第三个"解"是解元的解。所对下联，也要连用三个一样的字，而且必须是异意字，其中第二个字，不但异意，还要求异音，因此对起来颇具难度。

不知不觉，半天过去了，解缙起身告辞，说："容我回去再思考思考。"相传，解缙临终也没有对出下联，这个上联便成了千古绝对。

47.巧配绝对

一杯清茶，解解解解元之渴；

半支雅曲，乐乐乐乐师之心。

从前有一个姓解名解元的人，这天回到家中连声称渴，使女急忙端来茶水，莞尔一笑，还出了一个上联："一杯清茶，解解解解元之渴。"

解解元听罢，竟忘了口渴，连称："妙句，妙句！"接着又分析说："'解'字一连四叠，前两个'解'是解渴的解，第三个'解'是我的姓，第四个'解'是我名字中的解。"解解元一时想不出对句，便把它写在纸上。其后，曾向不少文人墨客求教，但最终也没有得到佳句，遂以"绝对"之名在坊间流传起来。

这天有一个姓乐的乐师，他在外面生了点气，回到家中闷闷不乐，妻子却在一旁弹琴。乐师责备她说："我心里不痛快，你还有心思弹琴？"妻子回答说："半支雅曲，乐乐乐乐师之心。"

乐乐师听罢，果真乐了，那个绝对总算有对了。

48.父子属对

两船并行，橹速不如帆快；

八音齐奏，笛清难比箫和。

明朝洪武时，陈洽被授予兵科给事中，其后曾任兵部尚书等职。

这年陈洽刚满八岁，有一天他随父亲沿江散步，恰巧看见两艘木船驶来，其中一艘摇橹，另一艘扬帆，由于江风急顺，扬帆者很快超过了摇橹者。父亲即景吟出上联："两船并行，橹速不如帆快。"

此时，一个牧童正在不远处弄笛自乐，江边又有老者吹箫。笛声、箫声交织在一起，动人心弦。陈洽触动巧思，随即对出下联："八音齐奏，笛清难比箫和。"

在这副对联中，上联"橹速"谐音"鲁肃"，"帆快"谐音"樊哙"，借指三国时东吴谋士鲁肃比不上西汉勇将樊哙；下联"笛清"谐音"狄青"，"箫和"谐音"萧何"，借指北宋武将狄青比不上西汉谋臣萧何。

49.文武状元对

二舟同行，橹速哪及帆快；

八音齐奏，笛清怎比箫和。

明朝正德时，杨升庵中了状元。这年他回家探亲，途中乘坐小船，在水道狭窄之处，恰遇武状元所乘帆船；为争先后，两船互不相让，造成河道堵船，为此双方发生争执。武状元说："你是文状元，一定擅长属对。我乃一介武夫，就出一个上联，你若是对上来，我就让你先行；若是对不上来，就要让我先行。"说罢，便出了一个上联："二舟同行，橹速哪及帆快。"

武状元用谐音双关修辞出句，既指物，又论人，以"橹速"谐三国时东吴名臣"鲁肃"，以"帆快"谐西汉名将"樊哙"，意含"文不及武"。实际上，鲁肃与樊哙相比，确有高低之分。

杨升庵一时无以为对，只得让武状元先行。

又过了一些年岁，杨升庵为儿子举办婚庆，当他听到鼓乐齐鸣时，竟然想起了那个未对之对，遂吟出下联："八音齐奏，笛清怎比箫和。"

这个下联也用谐音双关修辞。以"笛清"谐北宋大将"狄青"，以"箫和"谐西汉名相"萧何"。而狄青与萧何相比，萧何更胜狄青几筹，以此喻示"武不及文"。

50.郑成功对父亲句

两舟并行，橹速不如帆快；

八音齐奏，笛清难比箫和。

明崇祯秀才郑成功自幼酷爱读书。这天他随父亲郑芝龙乘官船在江上游览，船内吹箫弹琴、猜拳行令，好不热闹。郑成功无心玩赏，便坐在一个角落里，捧书细读。

郑芝龙时任福建总兵。这艘官船随着郑芝龙一声令下，立刻扬帆启航，飞速向前驶去。稍后，郑芝龙把郑成功叫到跟前说："你看那只小船，尽管渔民拼命地摇橹，可怎么也赶不上我们的船。"接着便出了一个上联，让他对对看。这上联是："两舟并行，橹速不如帆快。"

这个上联颇有难度。表面上说的是拼命摇橹不如升起的帆船快，实际上"橹速"暗指三国谋士鲁肃，"帆快"暗指汉高祖参将樊哙，其用意在于强调"文官不如武将"。郑成功要完成这个对句，既要找到两个历史人物，又要利用谐音，实在不易。但郑成功聪敏过人，在弹唱演奏声中，他很快就对出下联："八音齐奏，笛清难比箫和。"

下联"笛清"谐音北宋大元帅"狄青"，"箫和"谐音汉丞相"萧何"。其用意在于强调"武将难比文官"。从此，郑芝龙更加鼓励儿子多读书了。

51.纪晓岚巧应船夫联

两舟并行，橹速不如帆快；
八音齐奏，笛清怎比箫和。

清朝翰林院侍读学士纪晓岚，这年奉旨去福建督学，途中乘小船渡江，此时远处驶来一只帆船，当帆船船夫得知小船上坐的是纪晓岚时，便顿生意念，想比试一下才学，遂写了一张纸条递了过去。纪晓岚接过纸条一看，原来是个上联，让他对出下联。这上联是："两舟并行，橹速不如帆快。"

其中的"橹速"，谐音三国"鲁肃"，"帆快"谐音西汉"樊哙"。鲁肃与樊哙，一文一武。"橹速"不如"帆快"，隐喻"文的不如武的"，当然，也有讥讽纪晓岚之意。纪晓岚拿着纸条，连看几遍，也没能对出下联。

这天纪晓岚在福建参加乡试大典，一时乐声四起。纪晓岚若有所悟，这才对出下联："八音齐奏，笛清怎比箫和。"

其中的"笛清"，谐音北宋军事家"狄清"，"箫和"谐音西汉政治家"萧何"。"笛清"怎比"箫和"，隐喻"武的不如文的"。

52.丘濬妙联对财主

谁家犬子敢欺虎？
焉知鱼儿不成龙！

明景泰进士丘濬，早年曾在私塾读书，当时与他坐在一起的是一户财主家的儿子，这个人平时不用功学习，常好惹是生非。有一天，他俩争吵起来，财主闻声找到丘濬，劈头盖脸来了一句："谁家犬子敢欺虎？"

丘濬听罢，当即回敬了一句："焉知鱼儿不成龙！"

财主自知没趣，哼了两声，便转身走开了。

丘濬长大后，果然做了明朝宰相，因他出生于琼山县，人们都称他丘琼山。

53.丘濬少年对句

细雨肩头滴；
青云足下生。

谁谓犬能欺得虎？
焉知鱼不化为龙！

这几天阴雨连绵，丘濬就读的私塾房顶漏起雨来，在选择座位时，丘濬与一户财主的儿子发生争执。塾师见状说："你俩不要争，我出一个上联，谁先对出，谁就坐好座位。"这上联是："细雨肩头滴。"

财主的儿子站在一旁低头不语，丘濬率先对出下联："青云足下生。"

接着塾师就把好座位分给了丘濬。此时，财主的儿子借故返回家中诉苦。财主找到丘濬，见面便大声喝道："我出一个句子给你小子对，你对不出，就把座位让出来。"这出句是："谁谓犬能欺得虎？"

丘濬鄙视一笑，当即对出下联："焉知鱼不化为龙！"

财主见丘濬出语不凡，只好灰溜溜地走了。

54.李东阳智答老员外

童子六七人，独汝狡；

员外二千石，唯公……

李东阳，明天顺进士，曾任礼部右侍郎、吏部尚书等职。

这年李东阳尚在私塾读书。有一天，他和小伙伴去放风筝，其间，风筝坠落在一个老员外家，李东阳翻过墙去讨要，老员外想逗逗他，便说："我有个对子，你对上了，才能把风筝还给你。"老员外当即出句："童子六七人，独汝狡。"

李东阳知道老员外享受官府俸禄，于是顿生一计，对出下联："员外二千石，唯公……"

老员外还以为他对不上哩！遂问道："'唯公'啥？"李东阳答："你如果还我风筝，就是'唯公廉'；如果不还，就是'唯公贪'。"老员外听罢，赶快把风筝还给了李东阳。

55.纪晓岚幼年联话

童子七八人，唯汝狡；

县官三五辈，仅公……

清朝大臣纪晓岚，从小擅长属对。这天他和七八个小孩在大街上踢足球，恰逢县太爷乘轿途经此地。小孩们只顾踢球，竟然将球踢进了轿中。此时他们才沉静下来，见县太爷板着面孔，满脸怒气，一个个吓得拔腿就跑。最后，仅剩下纪晓岚一个人，他走到县太爷跟前，深深地鞠了一躬。县太爷看他是个彬彬有礼的孩子，也就没有发火，遂笑着说："小孩子，我出个上联，如果你能对得上，我就把球还给你，怎么样？"这上联是："童子七八人，唯汝狡。"

纪晓岚点了点头，当即对出下联："县官三五辈，仅公……"

县太爷听罢，连忙追问："'仅公'什么？"纪晓岚说："如果大人还我球，就是'仅公廉'；若不还我球，就是'仅公贪'。"

县太爷赶紧把球还给纪晓岚，并夸奖说："这孩子了不起，长大定是栋梁之材。"

56.李东阳对老僧联

水陆洲，洲系舟，舟动洲不动；

天心阁，阁翘角，角弯阁不弯。

水陆洲，洲系舟，舟动洲不动；

天心阁，阁栖鸽，鸽飞阁不飞。

明朝时，长沙水陆洲有一座水陆寺。这年李东阳刚满十岁，有一天他随同叔叔来到长沙水陆寺吃斋宴。其间，一个老僧告诉大家，说自己拟了一个上联，想以"天心阁"为题求下联，又说能对上者，将获赠一串佛珠。这上联是："水陆洲，洲系舟，舟动洲不动。"

稍后，便有一个书生率先对出下联："天心阁，阁翘角，角弯阁不弯。"

老僧听罢，当即点评道："上联'洲''舟'谐音，下联'阁''角'二字在方言中同音，对得倒也工整。"接着老僧又问："还有何人能对？"李东阳起身施礼，说了句"小生献丑"，便对出下联："天心阁，阁栖鸽，鸽飞阁不飞。"

老僧对这个下联十分满意，连连夸赞，并把一串佛珠送给了李东阳。

57.周恩来巧对毛泽东

橘子洲，洲旁舟，舟动洲不动；

天心阁，阁中鸽，鸽飞阁未飞。

中华人民共和国成立初期，毛泽东和周恩来到长沙视察。这天两人乘车来到橘子洲头，目睹江面帆影点点，百舸竞渡。毛泽东即景起兴，吟出一个上联："橘子洲，洲旁舟，舟动洲不动。"

这个上联既用"洲""舟"顶针修辞，又用"洲""舟"谐音修辞，对起来颇具难度。稍后他们来到天心阁，忽然看见一群鸽子从阁中飞了出来。周恩来若有所思，接着便对出下联："天心阁，阁中鸽，鸽飞阁未飞。"

毛泽东听罢，自言道："这个下联对得巧啊！"

58.杨一清巧对学士句

鸿是江边鸟；

蚕为天下虫。

明成化进士杨一清，这天正在翰林院读书，其间，一个侍讲学士即兴出句："鸿是江边鸟。"

杨一清当即对出下联："蚕为天下虫。"

侍讲学士听罢，连称："巧对，巧对。"又说："是子能以天下为己任者。"后来，杨一清官至内阁首辅，曾被誉为"出将入相，文德武功"。

这副对联运用析字修辞，不仅对仗颇工，且意趣甚浓。

59.林则徐妙对先生联

鸿是江边鸟；

蚕为天下虫。

林则徐，清嘉庆进士，曾任湖广总督、陕甘总督等职。

这年林则徐还在读私塾，有一天他和私塾先生到郊外游春，先生见江边鸿雁凌翔，便吟出一个上联："鸿是江边鸟。"

林则徐听罢，知道将"鸿"字析字便是"江边鸟"，要想对出下联，也必须找一个类似结构的字，才能对仗工整。在返回途中，林则徐看见一家农户正在喂蚕，遂对出下联："蚕是天下虫。"

60.杨一清巧对长老联

莲子已成荷长老；

梨花未放叶先生。

明朝神童杨一清，这天跟着一个姓叶的小孩去寺庙玩耍。长老问了他俩的姓名，便说出个对子，看能不能对上。长老见姓叶的小孩举止老成，像个先生，便以此为题出了一个下联："梨花未放叶先生。"

杨一清听罢，遂以塘池"莲蓬"为题，率先对出上联："莲子已成荷长老。"

长老甚为满意，当即摘下两个莲蓬，一人赏了一个。

61.何长老巧对叶先生

莲子已成荷长老；

梨花未放叶先生。

从前有一个姓叶的秀才，结交了一个姓何的长老，二人时常吟诗作对。这天叶秀才来到寺庙，见池塘里的荷花已经结出莲子，便即景出句："莲子已成荷长老。"

"荷"谐音"何"，"荷长老"实际指"何长老"。长老听罢，略一沉吟，便对出下联："梨花未放叶先生。"

长老下联亦以谐音双关修辞，梨树之"叶"与叶秀才之"叶"音形皆同，"叶先生"实际指的是叶秀才。

62.小和尚对秀才句

莲子已成荷长老；

梨花未放叶先生。

这天一个秀才来到庙里，见小和尚正在池塘边玩耍，便想逗一逗他，遂以池塘"莲蓬"为题出句："莲子已成荷长老。"

小和尚听罢，望了望池塘边上的几棵梨树，灵机一动，便对出下联："梨花未放叶先生。"

说完，二人相视一笑。

63.梁储巧对父亲联

跌倒小书生；

扶起大学士。

晚浴池塘，涌动一天星斗；

早登台阁，挽回三代乾坤。

　　明成化进士梁储，幼年聪慧伶俐且胸怀大志。这天他从私塾回到家里，不慎跌倒在地，父亲见状把他扶了起来，并随口说了一句："跌倒小书生。"

　　梁储当即接话说："扶起大学士。"

　　还有一次，梁储和父亲在池塘里洗澡，父亲即兴出句："晚浴池塘，涌动一天星斗。"

　　梁储略一沉吟，便对出下联："早登台阁，挽回三代乾坤。"

　　这年梁储仅七岁，应对却出口不凡。

64.洪秀全吟联

晚浴龙池，摇动一天星斗；

早登麟阁，力挽三代乾坤。

　　洪秀全自幼勤于思考，文思敏捷，胆识过人。这天晚上，他和几个小伙伴到池塘里戏水，见繁星倒影，波光粼粼，洪秀全即兴咏出一副对联："晚浴龙池，摇动一天星斗；早登麟阁，力挽三代乾坤。"

　　后来他率领农民起义，叱咤风云，清咸丰时创建太平天国，由此名震古今中外。

65.祝枝山写春联

明日逢春，好不晦气；
终年倒运，少有余财。

明日逢春好，不晦气；
终年倒运少，有余财。

相传明弘治举人祝枝山曾为一个店铺写过一副春联，掌柜看后，认为这是一副晦气联："明日逢春，好不晦气；终年倒运，少有余财。"

祝枝山见其不悦，便微笑着对他说："掌柜不必生气，是你把春联念错了。"遂当即更正道："明日逢春好，不晦气；终年倒运少，有余财。"

掌柜这才转为笑脸，并置酒招待了祝枝山。

66.祝枝山巧写歧义联

明日逢春，好不晦气；
终年倒运，少有余财。

明日逢春好，不晦气；
终年倒运少，有余财。

此地安能居住；
其人好不悲伤。

祝枝山和唐伯虎、文徵明、周文宾合称明朝"江南四大才子"。祝枝山疾恶如仇，常用诗联书画戏弄贪官污吏。

这年除夕，他应邀为当地知县题写了两副春联，知县将其中一副断句为："明日逢春，好不晦气；终年倒运，少有余财。"

知县当即恼羞成怒。祝枝山抱拳一笑，说："大人差矣！学生写的全是吉庆之词啊！"接下来，祝枝山将春联念了一遍："明日逢春好，不晦气；终年倒运少，有余财。"

祝枝山在念另一副春联时，有意在"安""好"之后停顿了一下。这副春联是："此地安能居住；其人好不悲伤。"

知县听罢，这才转怒为喜，还说祝枝山："才高八斗，果然名不虚传。"

67.秀才给财主写春联

今日逢春好，不晦气；

来年倒运少，有余财。

今日逢春，好不晦气；

来年倒运，少有余财。

从前有一个财主目不识丁，这天他让本村秀才写春联，秀才写完后，他又让秀才念了一遍："今日逢春好，不晦气；来年倒运少，有余财。"

财主听罢，满脸欢喜，连称："吉利，吉利，好春联！我这就贴到门上去。"这天有一个和尚登门化缘，看到这副春联，禁不住说了一句："这准是个倒霉人家。"财主听见说话声，便走了出来。和尚说："这是谁写的春联？不吉利！"接着便把这副春联念了一遍："今日逢春，好不晦气；来年倒运，少有余财。"

财主弄不明白，这副春联经和尚一念，怎么变成晦气联了呢？

68. 一副题画联

画上荷花和尚画；

书临汉帖翰林书。

明朝才子唐伯虎，这天来到寺庙烧香拜佛，方丈将一幅水墨荷花拿给他看，又说自己刚刚画完，想请唐伯虎题款留念。唐伯虎也没有推辞，当即题了一个上联："画上荷花和尚画。"

方丈看罢，想让唐伯虎再写下联。唐伯虎婉言谢绝，说："留给后人写。"又说："能对出下联者，必为奇才。"一晃到了清朝，才被一个人对出下联，这个人就是蜀中才子李调元。这下联是："书临汉帖翰林书。"

69. 李调元巧对旧联

画上荷花和尚画；

书临汉帖翰林书。

这天李调元来到一座古寺，老和尚拿出一幅旧画给他看，说画上的荷花是前朝方丈绘制的，又说画上的半副对联是唐伯虎题写的。这半副对联是："画上荷花和尚画。"

李调元观赏后说："这幅旧画有禅意、笔墨佳，是一幅好画。"老和尚又解释说："这幅画，曾经让不少才子看过，本想从中找个人补题下联，找来找去，没人敢题。"李调元稍作思考，又经老和尚同意，随后便为这幅画补写了下联："书临汉帖翰林书。"

老和尚看罢，喜出望外，说要把它挂在方丈室，作为珍品供人欣赏。

70.神童巧对弘治帝

炭黑火红灰似雪；
谷黄米白饭如霜。

杨升庵幼时聪颖，能诗善对，是明朝有名的神童，他的父亲为朝廷大臣。有一天，弘治帝在御花园中宴请群臣，杨升庵随父亲赴宴。时值寒冬，宫中烧木炭取暖。弘治帝触景生情，即兴出句："炭黑火红灰似雪。"

这个出句颇具难度。炭是木头烧成的，色黑；炭生火，色红；炭成灰，其色似雪。群臣听罢，个个面面相觑，竟无以为对。杨升庵看见桌上的白米饭，灵机一动，便对出下联："谷黄米白饭如霜。"

这个下联对得非常工整。谷出于稻，色黄；米出于谷，色白；米做成饭，其色如霜。

弘治帝听罢，顿时龙颜大悦，连称："妙对，妙对！"

71.杨升庵巧对弘治帝

炭黑火红灰似雪；
谷黄米白饭如霜。

这天神童杨升庵路过一家私塾，见先生正在用戒尺责打一个学生。杨升庵好奇地问了问："这个学长犯啥错啦？"先生回答说："今晨我出了一个下联，要他对上联，至今尚未成对。"又说下联是："谷黄米白饭如霜。"

杨升庵将这个下联记在心里，一直在寻思上联。后来，杨升庵随父亲杨廷和居住京城。这天弘治帝在御花园宴请群臣，杨廷和应邀领着杨升庵前去赴宴。时值寒冬，火盆中炭火正红。弘治帝触景生情，遂对诸位大臣说："朕有一联，看谁先对上。"接着吟出上联："炭黑火红灰似雪。"

这些大臣听罢，个个抓耳挠腮，却没有一个人能对出下联。稍后，杨升庵向弘治帝施礼，说自己能对出下联，接着便把那位私塾先生的下联全盘托了出来。

弘治帝顿时龙颜大悦，不禁拍掌称绝："对得好，对得巧！"可是，弘治帝哪里知道，杨升庵为这个下联寻思上联已经一年有余了。

72.元宵节巧对

元宵不见月，点几盏灯，为山河生色；
惊蛰未闻雷，击数声鼓，代天地宣威。

杨升庵幼年时才思敏捷，常出言不凡。这年元宵节，杨升庵的父亲在家宴请宾客，当夜乌云满天，不见星月光辉，其中一位客人即景出了一个上联："元宵不见月，点几盏灯，为山河生色。"

众人听罢，皆拍手称妙，却无人应对下联。此时，杨升庵想起惊蛰节气，又听到隔壁传来阵阵鼓声，灵机一动，遂对出下联："惊蛰未闻雷，击数声鼓，代天地宣威。"

众人听罢，再次拍手称妙。

73.闵鹗元巧对老宰相

元宵不见月，点几盏灯，为山河生色；
惊蛰未闻雷，击数声鼓，代天地宣威。

清乾隆进士闵鹗元幼时善对。这年元宵节，他随父亲到老宰相家做客。老宰相家里张灯结彩，主宾唱和宴饮，好不热闹。其间，老宰相提议以"赏月"为题出句属对，说罢，便率先出了一个上联："元宵不见月，点几盏灯，为山河生色。"

这个上联属于即景起兴之作，因此对起来颇具难度。原本欢乐的场面，顿时变得鸦雀无声，没有一个人能对出下联。稍后，又开始击鼓传花。闵鹗元听到鼓声，不禁文思涌动，遂对出下联："惊蛰未闻雷，击数声鼓，代天地宣威。"

众人听罢，无不为之拍案叫绝。

74.秧田答对

稻草捆秧父系子；

竹篮装笋母抱儿。

明朝弘治时，武昌府咸宁县出了一个小才女，她的名字叫钱六姐。这天钱六姐的四爹正在秧田里扯秧，看见小才女从山上掰笋而来，便想逗一逗她："伢崽，伢崽，我捉到一条大黄鳝，我出个对子，你要是对上了，这条黄鳝就给你。"钱六姐说："好吧！"四爹指着秧把，随口说了一个上联："稻草捆秧父系子。"

钱六姐一手提着竹篮，一手指着竹笋，抿嘴一笑，当即对出下联："竹篮装笋母抱儿。"

四爹夸赞她是个机灵鬼。说罢，便将黄鳝丢进了钱六姐的篮子里。

75.熊廷弼巧对塾师

稻草扎秧父抱子；

竹篮装笋母怀儿。

熊廷弼幼时在私塾读书。这天他与塾师外出，塾师看见农民正在扯秧，遂出上联，让他来对。这上联是："稻草扎秧父抱子。"

此时，恰巧有一个农妇提着一篮子竹笋走了过来。熊廷弼灵机一动，便对出下联："竹篮装笋母怀儿。"

塾师听罢，倍感欣慰，心想这个孩子将来一定能出人头地。

明万历时，熊廷弼考中进士，曾任监察御史、兵部右侍郎等职。

76.方苞巧对农户

稻草扎秧父抱子；

竹篮装笋母怀儿。

清康熙进士方苞自幼聪慧。相传他七岁那年，有一天去田间玩耍，恰逢一家农户正在田里扯秧，遂被叫到跟前，说要出个上联给他对。这上联是："稻草扎秧父抱子。"

方苞想从上联中找到切入点，遂自言自语："稻草，父也；秧，子也。"寻思间，他看见前方竹林中有几个妇女正在往竹篮里装竹笋，便灵机一动对出下联："竹篮装笋母怀儿。"

这家人十分惊喜，连夸方苞是天才神童。

77.使女巧续农夫句

稻草捆秧父抱子；

竹篮装笋母怀儿。

清康熙进士张英，平时喜欢赋诗作对，这天微服私访，见有几个农夫正在稻田拔秧捆秧，便和他们闲聊起来。其间，有农夫出句，问张英能否对出下联。这出句是："稻草捆秧父抱子。"

张英沉思良久，仍无以为对。晚间回到家中，张英向家人说起这个上联，使女略有所悟，遂以厨房竹篮、竹笋为题对出下联："竹篮装笋母怀儿。"

这副对联工整、巧妙。张英听罢，不禁连声叫绝。

78.钱六姐吟句

马过木桥蹄打鼓；

鸡啄铜盆嘴敲锣。

明朝才女钱六姐，天资聪敏，七岁能诗。有一天，她端着铜盆站在门口喂鸡，对面木桥上走来一个骑马的秀才。秀才听到旁人说，那个喂鸡的小孩就是钱六姐。秀才想试探一下她的才学，便说："六姐，六姐，你吟首诗我听听。"钱六姐看了看这个骑马的秀才，遂即景吟句道："马过木桥蹄打鼓，鸡啄铜盆嘴敲锣。"

秀才听罢，连声称妙。后来，秀才将这两句诗写成春联，在鸡年来临前夕送给亲朋好友，从此钱六姐就更加出名了。

79.秀才自对趣联

马过木桥蹄打鼓；

鸡啄铜盆嘴敲锣。

从前有个秀才骑着马去游春，途经一座木桥，听到马蹄之声，顿生灵感，遂即兴吟出一个上联："马过木桥蹄打鼓。"

行至村头，恰遇一群小鸡正在铜盆啄食，秀才文思涌动，又即得下联："鸡啄铜盆嘴敲锣。"

80.戴大宾父子对

坐父为马；

望子成龙。

明朝神童戴大宾，这天跟着父亲外出看春祭，父亲让他坐在脖子上

"骑大马"。戴大宾甚是高兴，遂当即出句："坐父为马。"

父亲听罢，顿感惊奇，急忙对句："望子成龙。"

戴大宾果然不负父望。相传他三岁开始学背诗文，五岁时便能吟诗作对，六岁时精通四书五经，因此被乡亲称为神童。后来高中进士，在殿试中荣登探花。

81. 林则徐巧对主考官

子以父作马；

父望子成龙。

清嘉庆进士林则徐，自幼抱负不凡。这天他参加童试，父亲怕他走累了影响考试，便驮着他走到了考场。在考场门外，主考官关心地询问林则徐："小童子，你是怎么来的？"林则徐如实相告，主考官遂即兴出句："子以父作马。"

林则徐听罢，不慌不忙，从容对出下联："父望子成龙。"

主考官连声称赞："小童子聪慧伶俐，定有大成！"

82. 何绍基巧对先生句

子将父作马；

父望子成龙。

清道光进士何绍基天资聪慧，再加上自幼善学好问，勤奋努力，六七岁就能与大人一起谈诗论对。这天父亲背着他去上学，私塾先生见了，便故意开玩笑说："子将父作马。"

何绍基当即对句："父望子成龙。"

先生听罢，当即点评道："对句巧用成语'望子成龙'，表达流畅，恰如其分，与出句浑然一体。"

83.蔡锷巧对主考官

> 子骑父当马；
>
> 父望子成龙。

　　蔡锷，清光绪秀才，湖南宝庆府人，曾任湖南教练处帮办等职。

　　这年蔡锷八岁，父亲送他去宝庆府应试，快到考场时，蔡锷累得气喘吁吁，父亲便让他骑在自己肩膀上，一直把他驮到考场。主考官见他年幼，便逗他说："小子是来看戏法吗？"蔡锷反问道："大人耍戏法吗？"主考官见他出口不凡，遂出句试其才学。这出句是："子骑父当马。"

　　蔡锷听罢，略一沉吟，便对出下联："父望子成龙。"

　　主考官欣喜万分，称赞蔡锷："志存高远，长大必有出息。"

84.丘逢甲巧应长辈句

> 骑父当马；
>
> 望子成龙。

　　清光绪进士丘逢甲十三岁时，父亲带着他到台湾府考秀才，一路上翻山越岭，极为辛苦。父亲看他走累了，就背着他走了一段路，恰巧半途遇到一位长辈，见他伏在父亲背上，便出句调侃："骑父当马。"

　　丘逢甲听罢，眼珠子转了几下，当即对句："望子成龙。"

85.神童李开先

> 口十心思，思父思母思妻子；
>
> 言身寸谢，谢天谢地谢皇恩。

　　李开先是明嘉靖进士。相传他七岁那年巧遇田进士，田进士听说李开先三岁学字，五岁背诗，七岁就能作文章，心里半信半疑，于是打算考考他。田进士先是给李开先讲了一个故事，说朝廷里有一个尚书为官清廉，可是皇帝听信奸臣不理朝政，这个尚书几次提出告老还乡，皇帝就是不准。后来皇帝出了一个上联，说对上了就批准。这上联是："口十心思，思父思母思妻子。"

田进士讲完故事，又问李开先："现在你能对上吗？"李开先深受启发，他知道"口十心"合字为"思"，由此想到"谢"字，遂对出下联："言身寸谢，谢天谢地谢皇恩。"

田进士点头称赞："真乃神童啊！"自此，李开先是神童就在四方传开了。

86.纪晓岚告归

口十心思，思妻思子思父母；

言身寸谢，谢天谢地谢君王。

清乾隆进士纪晓岚，这年任翰林院侍读学士，时间长了，他心中思念家中亲人，但又不能明说，情绪十分低落。乾隆帝看透了他的心思，遂问道："看你面色不好，似有心思，我猜猜如何？"接着说出上联："口十心思，思妻思子思父母。"

纪晓岚倍感欣慰，心想告归的机会总算来了，连忙跪拜皇帝，并对出下联："言身寸谢，谢天谢地谢君王。"

乾隆帝见他心存感念，便顺水推舟，当即恩准纪晓岚回家探亲。

87.李开先妙对石先生

猫头瓦上猫踩瓦；

鸡冠花下鸡啄花。

细羽家禽砖后死；

粗毛野兽石先生。

明朝才子李开先，这年进京参加会试，他和一些赶考的举人同住在一家客店里。这当中有个叫石先生的，自觉才思过人，出诗答对没人敢比，就经常摇头晃脑地逞能。

这天，李开先与举人们谈论诗文，其间，外头传来一阵猫叫声。石先生出去一看，便即景吟出一个上联："猫头瓦上猫踩瓦。"

其他举人你看我，我看你，都答不上来。李开先看见院子里有一群鸡，正在鸡冠花下啄食花草，遂对出下联："鸡冠花下鸡啄花。"

石先生听罢，硬说："不通，不通！'瓦'应以'砖''石'相对，怎能和'花'相对呢！"

说这话的工夫，那群鸡来到了屋门前，石先生顺手拾起一块砖头扔了过去，恰好砸死一只鸡。石先生灵机一动，又出句："细羽家禽砖后死。"

李开先对他的傲慢早就不满，略一沉吟，便对出下联："粗毛野兽石先生。"

石先生责怪李开先张口骂人。李开先连忙解释说："'粗'对'细'，'毛'对'羽'，'野兽'对'家禽'，'石'对'砖'，'先'对'后'，'生'对'死'。这完全是按照你的说法对的，怎能说骂你呢？"说罢，众人哄堂大笑。

88. 蒲松龄妙对石先生

细羽家禽砖后死；

粗毛野兽石先生。

清朝短篇小说集《聊斋志异》的作者蒲松龄，在乡里早有名气，可当地有一个石先生，却总是看不起蒲松龄，这天他俩偶然相遇，石先生看见一只小鸡死在砖墙后面，便出了个上联难为蒲松龄。这上联是"细羽家禽砖后死。"

蒲松龄听罢，没好意思拒绝他，便谦虚地说："我不会对对子，既然石先生非让我对，我就一个字一个字地对着看，请先生一个字一个字地记下来，要不，过后我自己也忘了。"石先生差点乐出声来，心想一个字一个字地对，说不定要出丑呢！遂满口答应下来。

蒲松龄大智若愚，有板有眼地说，石先生幸灾乐祸，一本正经地听着、记着。

"粗对细，行吗?""行。"记个"粗"。

"毛对羽，行吗?""行。"记个"毛"。

"野对家，行吗?""行。"记个"野"。

"兽对禽，行吗?""行。"记个"兽"。

"石对砖，行吗?""行。"记个"石"。

"先对后，行吗?""行。"记个"先"。

"生对死，行吗?""行。"记个"生"。

蒲松龄最后说："完了，你念念。"石先生将记下的字连起来念了一遍："粗毛野兽石先生。"

从此，石先生再也不敢与蒲松龄比高低了。

89.纪晓岚妙对石先生

> 细羽家禽砖后死；
>
> 粗毛野兽石先生。

清乾隆进士纪晓岚，早年入读私塾，他与塾师石先生情同父子，嬉笑无常，常常做出一些出格的事。

这天纪晓岚带着一只家雀去上学，快到上课时，他急中生智，连忙找了一个墙洞，将家雀藏了起来。恰巧这一"秘密"被石先生发现。石先生认为这是玩物丧志，便悄悄地将家雀砸死，然后放回洞中，又将洞口用砖堵了起来。为了警示其他学生，石先生还特意在墙上写了一个上联："细羽家禽砖后死。"

纪晓岚一猜就是石先生所为，便在墙上续写了下联："粗毛野兽石先生。"

石先生知道后心中不悦。纪晓岚连忙为自己辩解说："老师出对，学生应答，无错；再者，这下联以'粗'对'细'，以'毛'对'羽'，以'野'对'家'，以'兽'对'禽'，以'石'对'砖'，以'先'对'后'，以'生'对'死'，哪有一字不妥？"石先生听了觉得句句在理，慢慢地也就消了气。

90.爱挑字眼的石先生

猫踩猫头瓦；
鸡啄鸡冠花。

细羽家禽砖后死；
粗毛野兽石先生。

老学究石先生，平时总爱咬文嚼字，挑剔字眼。这天他见一只猫踩着猫头瓦叫了几声，便即景生情出了个上联，让学生属对。这上联是："猫踩猫头瓦。"

其中一个学生，看见院内鸡冠花下有一群鸡正在觅食，遂对出下联："鸡啄鸡冠花。"

石先生听罢，认为对句不工。他说："'瓦'与'花'相对，不通不通！应与'砖''石'相对。"这时，那群鸡"咯咯"地叫了起来，好像是在嘲笑石先生：你只知道有工对，不知道有宽对！石先生一气之下，顺手捡起一块砖头扔了过去，接着他又出了一个上联："细羽家禽砖后死。"

那个学生再也不敢冒失了，经再三斟酌，逐字推敲，遂对出下联：

"粗毛野兽石先生。"

石先生听罢，怪学生骂他是"粗毛野兽"。那个学生反问道："'粗'对'细'，'毛'对'羽'，'野兽'对'家禽'，'石'对'砖'，'先'对'后'，'生'对'死'，难道还有什么错误吗?"石先生气歪了脖子，但又无法否认，只好结束对课。

91.郭尚书妙对严嵩句

满朝文武半江西；
小县不大四尚书。

江南，千山千水千才子；
山东，一泰一河一圣人。

明嘉靖进士郭朝宾是山东汶上县人，曾做过工部尚书。这天上朝，闲暇时与严嵩戏语。严嵩是江西人，位居三台，权势显赫，一言九鼎，满朝尽插党羽。严嵩率先出句："满朝文武半江西。"

郭朝宾听罢，略一沉吟，便对出下联："小县不大四尚书。"

原来，当朝六部尚书，汶上籍的就有四人。严嵩也不甘示弱，又出句："江南，千山千水千才子。"

郭朝宾哈哈一笑，从容对句："山东，一泰一河一圣人。"

泰山为五岳之首，流经境内的黄河是中华民族的象征，至圣孔子为万世师表，只此"一"者，均盖冠全国，远盛于严嵩的三个"千"字。郭朝宾的对句赢得满堂喝彩。

92.知县巧对下联

江南，千山千水千才子；
山东，一泰一河一圣人。

清朝的时候，相传有一个山东人到江南做知县，他长得瘦小，其貌不扬，又是北方人，刚上任时常遭当地一个老学究嘲讽。在一次宴席上，这个老学究不怀好意地出了一个上联："江南，千山千水千才子。"

知县毫无准备，听罢不免一愣，稍后才从中悟出道道来——这个老学究恃才傲物，看不起北方人啊！遂对出下联："山东，一泰一河一圣人。"

下联嵌泰山、黄河、孔圣人，在气势上远远胜过出句。

老学究犹如窘境，从此再也不敢小瞧这位北方人了。

93.王尔烈巧对下联

江南，千山千水千才子；
塞北，一天一地一圣人。

清乾隆进士王尔烈，有一次到江南任主考官，举子们听说他是北方人，便心生鄙视，认为他出不了好题目，为发泄不满，当晚就在王尔烈的住处贴出了上联："江南，千山千水千才子。"

这个上联实则是告诫王尔烈不要埋没人才，让他知道江南处处山明水秀，人杰地灵。

王尔烈看罢，不慌不忙地写出了下联："塞北，一天一地一圣人。"

塞北，借指北方。"一天一地"比"千山千水"更具广泛性。圣人，指孔子。孔子是山东人，属于北方。孔子是万世师表，多少才子也抵不过一个圣人！

第二天，举子们看到王尔烈题写的下联，只好低头认输，再也不敢蔑视这位主考官了。

94.压倒三江王尔烈

江南，千山千水千才子；
塞北，一天一地一圣人。

这年王尔烈奉命出任江南乡试主考官。考前，三江举子云集杭州，他们猜测主考官是谁？会考出哪些试题？有人知道主考官是王尔烈。一些不知天高地厚的举子，用奚落的口吻说："听说王尔烈是北方人，他有什么学问，会出什么考题，只会出'学而时习之'。"

这些话传到了王尔烈的耳朵里，他决心要教训一下那些狂妄之人。

王尔烈这次出的题目还真是"学而时习之"，他要求考生以此为题写三篇文章，而且观点不得重复，还要有新意。这个看似简单的题目，竟把所有举子给难住了。考试结束后，王尔烈以"学而时习之"为题，自己写了三篇文章，贴在考场门外。举子们看后，大多拍手叫好，但也有不服气的，遂写出上联嘲讽王尔烈。这上联是："江南，千山千水千才子。"

王尔烈看罢，当即补写了下联："塞北，一天一地一圣人。"

这次乡试，王尔烈没有录取一个人。他回到京城，乾隆帝不但没有加罪他，还赞誉他学识渊博，见多识广。从此，"压倒三江王尔烈"的名声就传扬开了。

95.熊廷弼应对父亲联

雪压竹枝头点地；
风吹荷叶背朝天。

明万历进士熊廷弼，自幼聪慧过人，能诗善对，闻名乡里。这年冬天刚刚下了一场大雪，庭院里的竹子被积雪压弯，熊廷弼的父亲即景出了一个上联，让熊廷弼对出下联。这上联是："雪压竹枝头点地。"

熊廷弼平常擅于观察景物。此时，他想起夏天池塘里的荷叶，在凉风的吹拂之下，摇曳起舞，遂对出下联："风吹荷叶背朝天。"

父亲听罢，当场夸奖了一番。

96.凌濛初巧对先生联

雪压竹竿头着地；
风吹荷叶背朝天。

懒弟子仰面数椽，一二三四五，六七八九十；
瞎先生低头算命，甲乙丙丁戊，己庚辛壬癸。

明朝小说家凌濛初，小时候天资特别高，但因家境贫寒，上不了学堂，只能站在学堂外面偷听。这天大雪刚过，凌濛初又去学堂偷听。塾师正在给学生上对课，只听塾师出句："雪压竹竿头着地。"

再瞧瞧在座的学生，一个个面朝屋顶发呆，没有一个人能对出下联。塾师气得又是吹胡子，又是瞪眼睛。凌濛初见状笑出声来。塾师没好气地走了过来，说："笑什么！难道你对得出？"凌濛初回答说："我看蛮好对的。"塾师又说："那你对对看。"

凌濛初当即对出下联："风吹荷叶背朝天。"

塾师心想，这孩子天天来偷听，看来还真聪明，我不妨考考他。于是又出了一个上联，让凌濛初对。这上联是："懒弟子仰面数椽，一二三四五，六七八九十。"

此时，恰巧有一个算命瞎子从街头走过，凌濛初心中一亮，应声对出下联："瞎先生低头算命，甲乙丙丁戊，己庚辛壬癸。"

塾师暗暗吃惊，连声称赞："妙！对得妙！少年出口不凡，长大必成大器。"

97.蒲松龄写春联

天增岁月人增寿；
春满乾坤福满门。

天增岁月娘增寿；

春满乾坤爹满门。

清朝顺治时，蒲松龄中了秀才。相传当地有一个土财主，临近年关，让蒲松龄给他写春联。蒲松龄没有推辞，当即为他写了一副通用春联："天增岁月人增寿；春满乾坤福满门。"

蒲松龄知道这位土财主不识字，写完后又给他念了一遍。土财主听了很不高兴，竟当面质问蒲松龄："'天增岁月人增寿'，穷人也能增寿吗？"还没等蒲松龄搭话，他又提出要求："给我改成'娘'增寿。"蒲松龄耐住性子说："对联讲究对仗，上句改了，下句也要改，不然人家要笑话我。"说罢，便提笔改写了春联："天增岁月娘增寿；春满乾坤爹满门。"

除夕这天，土财主将春联贴在大门上。乡邻们看罢，既惊讶，又好笑。

98.土财主臆改祝寿联

天增岁月人增寿；

春满乾坤福满门。

天增岁月娘增寿；

春满乾坤爹满门。

从前有个土财主，请一位老学究撰写对联，说要为母亲祝寿。老学究捋须深思半晌，才想起一副通用联："天增岁月人增寿；春满乾坤福满门。"

老学究写完，让土财主过目。这个土财主，论钱倒是有不少，若讲学问，却一窍不通，但他偏偏很自负，常常卖弄辞藻。他看完这副对联后，又开始发表高见，说上联中的"人增寿"改为"娘增寿"，才是正格。老学究问他下联怎么改，他又一本正经地说："下联把'福'字改成'爹'，'爹'对'娘'不是很工整吗！"

老学究听罢，哭笑不得，只好按照他的要求，把对联改成："天增岁月娘增寿；春满乾坤爹满门。"

99. 康熙帝撰寿联

甲子重逢，三七岁月；

古稀双度，一载春秋。

从前京杭运河中段岸边有一个草堂寺。清朝康熙时，这里方圆百十里地，每年都会遭到洪水侵扰，当地百姓饱尝洪水泛滥之苦。草堂寺里有位住持高僧，每次洪灾过后，他便四处奔波筹集钱物，用来救济灾民，这一善举，深受当地百姓敬爱。这年康熙帝南巡经过草堂寺，正巧遇到这位高僧过一百四十一岁生日。康熙帝听到这个消息，满怀敬意地写了一副寿联："甲子重逢，三七岁月；古稀双度，一载春秋。"

康熙帝巧妙地把高僧的寿龄嵌入联中。上联"甲子"代指六十岁，"甲子重逢"相当于一百二十岁；"三七岁月"借用乘法口诀换算成二十一岁，二者相加，恰好等于高僧寿龄。下联"古稀"代指七十岁，源于俗语"人活七十古来稀"；"古稀双度"再加"一载春秋"，恰好也是一百四十一岁。

为了褒奖高僧乐善好施，为国分忧，更为祈求神灵保佑，康熙帝决定开国库拨银两，在当地建造一座龙王庙，供奉大禹及东海龙王。

100. 纪晓岚应对乾隆帝

花甲重逢，增加三七岁月；

古稀双庆，更多一度春秋。

这年清乾隆帝在乾清宫举办千叟宴，其中一位老叟年龄最大，自称时年一百四十一岁。为了活跃气氛，乾隆帝为他撰写上联祝贺，并让在座诸位大臣应对下联。这上联是："花甲重逢，增加三七岁月。"

纪晓岚略一沉吟，便率先对出下联："古稀双庆，更多一度春秋。"

古时候六十岁为一花甲，"花甲重逢"就是一百二十岁，"三七岁月"是二十一岁，两数相加恰巧是一百四十一岁。七十岁为古稀，"古稀双庆"是一百四十岁，再加上"一度春秋"，即一岁，也恰好是一百四十一岁。

众人听罢，均拍手称妙。

101.韩慕庐巧对学士句

礼记一书无母狗；

春秋三传有公羊。

清康熙状元韩慕庐，早年做过塾师，其间结识了一个员外，这个员外自以为很有学问，经常代替韩慕庐授课。有一天，这个员外讲《礼记·曲礼》，误把"临财毋苟得"读成"临财母苟得"。此时，一位学士经过村塾，听到误读后觉着好笑，便在窗外大喊了一声："礼记一书无母狗。"

韩慕庐听罢，遂回了一句："春秋三传有公羊。"

这副对联出句对句，均妙语惊人。那位学士将错就错，用"母狗"直接替代"毋苟"出句。韩慕庐则用谐音双关修辞，以"公羊"对之。公羊本为复姓。公羊高曾给《春秋》做注释，史称《公羊传》，全称《春秋公羊传》，为《春秋》三传之一。

102.郑板桥出句考塾师

曲礼篇中无母狗；

春秋三传有公羊。

清朝山东潍县知县郑板桥，这天路过一家村塾门口，听到塾师在朗读《曲礼》时，误将"临财毋苟得"读成"临财母苟得"。郑板桥心想，这样的白字先生再让他教下去，岂不误人子弟吗？第二天，便差人把塾师叫到县衙。郑板桥对他说："我现在出个上联考一考你，你能对得上，就让你继续坐馆；如果对不上，就别误人子弟了，先回去读几本书再说。"这上联是："曲礼篇中无母狗。"

塾师沉吟半晌，也没有对出下联，只好回家博览群书，当他读完《春秋》三传后，这才想出下联："春秋三传有公羊。"

103.学生巧对塾师句

礼记一经无母狗；

春秋三传有公羊。

清朝有一个村塾，这天塾师以《礼记》"临财毋苟得"为题考学生。其中一个学生，误把"毋苟"当成了"母狗"。塾师见状啼笑皆非，便没有好气地对这个学生说："我出一个上联，你要是能对上，就免罚，否则就要挨戒尺。"这上联是："礼记一经无母狗。"

至此，这个学生才知道自己错在哪里，面对塾师出句，再也不敢粗心大意，经过慎思，遂对出下联："春秋三传有公羊。"

下联以《春秋》三传之一的《公羊传》入句，以"公羊"对"母狗"，确实妙不可言。塾师惊讶，连说："对得好，对得好！"

104.乾隆帝出绝对

妙人儿倪家少女。

清乾隆帝下江南时，常沿途微服私访，这天来到一家乡村茶馆小憩，他从招牌上得知店主姓倪，沏茶者是倪家少女。少女相貌美丽，待人热情，举止高雅。乾隆帝出句赞道："妙人儿倪家少女。"

乾隆帝以此为上联，要纪晓岚属对。

这是一个析字联。"妙"字拆开是"少女"，偏旁"人"与"儿"的繁体字合起来是"倪"字。这次纪晓岚凝思半晌，也没有对出下联。相传纪晓岚在弥留之际，还念念不忘这个上联，但最终也没能对出来。

105.倪姓歌伎答对

妙人儿倪家少女；

大言者诸葛一人。

清乾隆帝擅长对对子，并常以妙句戏人。这天他乔装改扮，在一家酒楼与一位致仕宰相共饮。其间，听一倪姓歌伎弹唱，一曲歌罢，余音绕梁。乾隆帝即兴出句，要宰相对下联。这出句是："妙人儿倪家少女。"

宰相听罢，一时也无以为对，显得有些窘迫。歌伎不知道出句者是当朝皇帝，见宰相受窘，便随口说了一句："大言者诸葛一人。"

乾隆帝喜形于色，当即赐酒赏银。

这个对句格式同出句一样，也是用析字修辞，将"大"字拆开便是"一人"，将"言""者"合起来就是"诸"的繁体字。对句与出句珠联璧合，宛若天成，难怪乾隆帝这么高兴了。

106.倪家少女征婚

妙人儿倪家少女；

钟山寺峙立金童。

从前倪家有一个少女，才貌出众，向她求婚的人络绎不绝。倪家少女自有主见，为了找到如意郎君，便在自家门外写了一个上联，说谁能对上就与谁谈婚论嫁。这上联是："妙人儿倪家少女。"

这里的"人"作为单人旁和"儿"的繁体字组成"倪"字。第二天有一位书生前来求婚，思考了半晌，才提笔写出下联："钟山寺崎立金童。"

这里的"钟"，其繁体字由偏旁"金"和"童"组成。倪家少女听罢，当即点头称赞。

107."犟小子"巧对"妙人儿"

妙人儿倪家少女；

犟小子孙族强牛。

相传倪员外的一个女儿才貌双全，琴棋书画，作诗应对，远近闻名。这年到了谈婚论嫁的年龄，隔三差五上门提亲的人非常多，但是她自有主见，提出应对招亲，遂出句："妙人儿倪家少女。"

这个出句以析字修辞，"妙""倪"二字，一分一合，对起来颇具难度，好多人望而却步，一晃几十年过去了，才有人对出下联："犟小子孙族强牛。"

这个下联还算工整。"妙人儿"一打听，"犟小子"刚满十六岁。因双方年龄悬殊过大，最终未能如愿成婚。

108.两副析字联

此木为柴山山出；

因火生烟夕夕多。

此木为柴山山出；

白水为泉日日昌。

这年清乾隆帝乘船下江南，见御舟过处，运河两岸群山绵延，树木葱翠，便想出了一个上联："此木为柴山山出。"

在一旁的纪晓岚，看到水乡暮色中升起袅袅炊烟，当即对出下联：
"因火生烟夕夕多。"

在这副对联中，"此""木"合为"柴"字，"山""山"合为"出"字；"因""火"合为"烟"字，"夕""夕"合为"多"字。君臣即景析字为联，一时传为佳话。

后来，这副对联流传到民间，一个穷秀才又以"泉""昌"析字续出下联："白水为泉日日昌。"

109.王尔烈巧对樵夫句

此木为柴山山出；

因火生烟夕夕多。

这年清朝才子王尔烈进京赶考，路上遇到一位砍柴樵夫，肩上挑着一担柴。樵夫主动搭话，说他有一个上联，问王尔烈能不能对出下联。王尔烈谦虚地说："请老翁出句，在下不妨一试。"樵夫当即出句："此木为柴山山出。"

王尔烈看了看樵夫，觉得樵夫虽然是砍柴人，倒也粗通文墨，遂以"烟""多"析字对出下联："因火生烟夕夕多。"

樵夫听罢，连声称赞："对得妙，对得妙！"

110.樵夫出句难秀才

此木为柴山山出；

因火生烟夕夕多。

这天有一位樵夫上山砍柴，途经一棵树下，见两个秀才正在探讨属对，樵夫驻足聆听，却遭到对方训斥："不要打搅我们！"樵夫有点生气，当即说道："对对子有什么了不起！我来出句，你俩敢不敢对？"这两个秀才以为樵夫不识字，只是说说气话而已，遂让其出句。樵夫平心静气，指指树，望望山，开口便吟出上联："此木为柴山山出。"

这两个秀才听罢，一本正经地坐在那里，嘀嘀咕咕，半晌也没有对出下联，只好溜之大吉。走着走着，他俩来到路旁一个茶亭，想歇歇脚再走。此时夕阳西下，炊烟四起，其中一个秀才即景生情，遂以"烟""多"析字对出下联："因火生烟夕夕多。"

111. 君臣巧对

南通州，北通州，南北通州通南北；

东当铺，西当铺，东西当铺当东西。

这年清乾隆帝出行，驻跸顺天府通州行宫。这个地方是大运河的起点，乾隆帝即兴出句："南通州，北通州，南北通州通南北。"

纪晓岚见街上有两个典当铺，遂即景对句："东当铺，西当铺，东西当铺当东西。"

这副对联构思精巧，出句以"南""北""通""州"四字贯之，对句则以"东""西""当""铺"四字贯之。乾隆帝听罢，不禁大为赞赏。

112. 侍童妙对乾隆帝

南通州，北通州，南北通州通南北；

东当铺，西当铺，东西当铺当东西。

这年清乾隆帝南巡，有一天，他和侍从来到一个小城，一问才知道这个地方是南通州。此刻，乾隆帝又想起北通州，颇觉有趣，遂即兴吟出上联："南通州，北通州，南北通州通南北。"

侍臣听罢，竟没有一个人能对出下联。稍后，一个侍童看到东西大街两头各有一个当铺，遂灵机一动，对出下联："东当铺，西当铺，东西当铺当东西。"

乾隆帝喜出望外，没想到一个侍童也能对上他的对子。

113. 户主释联

> 惊天动地门户；
> 数一道二人家。

这年清乾隆帝微服出巡，见一户人家的大门上贴着对联："惊天动地门户；数一道二人家。"横批："先斩后奏。"

乾隆帝顿时大怒："何等人家竟敢出如此狂言？"遂下令拘传户主。这家户主是一位慈眉善目的老人，只见他从容道出了这副对联的含义："老夫有三个儿子，老大在皇宫打更，上自天子下至平民都要照梆声作息，岂不是'惊天动地'？老二在粮店卖粮，每天一斗二升数来数去，这不是'数一道二'吗？老三在皇宫当厨子，鸡、鸭、鱼肉都切好烧好再送给皇帝品尝，岂不是'先斩后奏'？"

这番话逗乐了乾隆帝，哈哈一笑就把老人放了。

114. 顽童联惊乾隆帝

> 数一道二门第；
> 惊天动地人家。

这年除夕，清乾隆帝微服视察民情，见一户人家的大门上贴着春联："数一道二门第；惊天动地人家。"横批："先斩后奏。"

这副春联的语气大有皇家王侯之势。经过询问得知，此乃一顽童所写。乾隆帝当面训斥顽童："原本庄户人家，为何目无朝纲，出此狂语？"顽童从容回答说："上联写大哥，他是粮店量斗的，整天'数一道二'；下联写二哥，他是为婚事丧事放礼炮的，炮引一点，'惊天动地'；横批写三哥,他是个杀猪的,每次杀猪,都是先吹气,再用棍棒捺打几下,'捺''奏'谐音,这就是'先斩后奏'。"

乾隆帝听罢,顿时龙颜大悦,说顽童前途无量,一定要好好学习。

115.纪晓岚巧释春联

惊天动地门户;

数一道二人家。

清朝大臣纪晓岚,有一次回老家过年,乡里有一家三兄弟请他写春联。纪晓岚没有推辞,他知道这户人家家底,遂提笔写了一副"另类"春联:"惊天动地门户;数一道二人家。"横批:"先斩后奏。"

这副春联贴出后,竟有人向官府告密,说纪晓岚犯了欺君之罪。乾隆帝知道后,立即下诏让纪晓岚返回京城。纪晓岚见到皇帝,连忙解释说:"春联是我写的,没有错。这家老大是卖炮仗的,谓之'惊天动地';老二是在集市卖杂粮的,整天叫喊'一斗''二斗',谓之'数一道二';老三是个厨子,不免杀鸡宰鱼做菜,当地土话,把'做菜'说成是'奏菜',谓之'先斩后奏'。"

原来如此啊!乾隆帝听罢,哈哈大笑起来。

116.知县误释春联

数一道二门第;

惊天动地人家。

从前有一个七品知县,大年初一上街看春联,见一户人家的春联有些奇异。这春联是:"数一道二门户;惊天动地人家。"横批:"先斩后奏。"

"如此口气,莫非朝廷大官。"知县自言自语,立马折回衙门备了一份厚礼,然后叩门拜访。知县问主人:"贵府哪位大人在京城奉职?"主人一听，莫名其妙，自称兄弟三人皆是穷苦小民。知县一愣，忙问："那门口贴的春联？"主人解释说："要说那副春联，倒是一点也不假，三兄弟中，一个是卖烧饼的，一个一个数给顾客，故'数一道二'；一个是做炮仗的，放起炮来，'惊天动地'；一个是屠夫，杀猪宰羊不用核准，所以'先斩后奏'。"

知县听罢，十分尴尬，匆忙丢下礼物，扫兴而去。

117. 冯成修巧对乾隆帝

玉帝行兵，雷鼓云旗，雨箭风刀天作阵；
龙王夜宴，月烛星灯，山肴海酒地为盘。

相传清乾隆帝拟写了一个上联："玉帝行兵，雷鼓云旗，雨箭风刀天作阵。"

第二天上朝，乾隆帝说起这个上联。在座的文武大臣，个个劳神凝思，半晌也没有人对出下联。时近退朝，文华殿大学士陈宏谋推荐新科举人冯成修答对，冯成修奉旨对出下联："龙王夜宴，月烛星灯，山肴海酒地为盘。"

从此，冯成修备受乾隆帝赏识。

118. 冯成修应对

玉帝行兵，雷鼓云旗，雨箭风刀天作阵；
龙王夜宴，月烛星灯，山肴海酒地为盘。

这天清乾隆帝携刘墉微服私访，二人来到仁和诗社。乾隆帝见社主冯成修既文雅又懂礼节，就和他攀谈起来，随后又提笔写了一个上联让冯成修对。这上联是："玉帝行兵，雷鼓云旗，雨箭风刀天作阵。"

冯成修略一沉吟，便写出下联："龙王夜宴，月烛星灯，山肴海酒地为盘。"

乾隆帝看罢，连声称赞："奇才，奇才！"随即又对刘墉说："刘爱卿，我看此人文才出众，做个礼部侍郎也不为过……"刘墉赶紧插话提醒皇帝，说："此处是诗社啊！"

冯成修一听，才知道此人乃当朝皇帝，遂跪地而拜。乾隆帝知道自己说漏了嘴，只好接着话茬继续说："三年后殿试时，朕亲笔点你为头名状元如何？"冯成修说："谢万岁！但愿殿试时鄙人能登榜首。"三年后，冯成修中进士，选翰林院庶吉士，曾任礼部郎中、贵州学政等职。

119.书场巧对

玉帝行兵，雷鼓云旗，雨箭风刀天作阵；

龙王夜宴，月烛星灯，山肴海酒地为盘。

从前有两个说书人打擂台，一个说《西游记》，一个说《封神演义》。为了赢得听众赞赏，各自都拿出看家本领，先把最好听的段子搬了出来。

说《西游记》的先说《大闹天宫》，开口就是："玉帝行兵，雷鼓云旗，雨箭风刀天作阵。"

说《封神演义》的先说《龙王设宴》，开口就是："龙王夜宴，月烛星灯，山肴海酒地为盘。"

听众中有一个老秀才。此时，他情不自禁地感叹道："这两句开场白，其实就是一副对联啊！真是无巧不成书。"

120.乾隆帝写春联

大檀头，小檀头，打出穷鬼去；

粗麻绳，细麻绳，引进财神来。

这年除夕之夜，清乾隆帝着便服到街上巡视，见一家鞋店没有贴春联，便推门而入，问掌柜为何不贴春联？掌柜说："生意不景气，没有心思。"乾隆帝说："我给你写副春联，保你生意兴隆。"遂提笔写道："大楦头，小楦头，打出穷鬼去；粗麻绳，细麻绳，引进财神来。"

事后，掌柜才知道来人是当朝皇帝。这个消息不胫而走，人们纷纷前来观看春联，顺便也买双鞋子带回家去。

121. 刘墉写对联

大楦头，小楦头，砸散四方穷鬼；

粗麻绳，细麻绳，捆来五路财神。

清朝大臣刘墉，这天微服私访一家鞋铺，掌柜见其相貌不凡，便央求他给鞋铺写副对联。刘墉当即答应，遂提笔写道："大楦头，小楦头，砸散四方穷鬼；粗麻绳，细麻绳，捆来五路财神。"

"楦头"是做鞋模具，"麻绳"是用来纳鞋底的。这副对联十分切合行业特点，又"砸"又"捆"，形象幽默。掌柜看了看对联，略知大意，连忙拍手叫好。

122. "万岁"对"八方"

八方桥，桥八方，八方桥上观八方，八方，八方，八八方；

万岁爷，爷万岁，万岁爷前呼万岁，万岁，万岁，万万岁！

这年清乾隆帝南巡，中途下船经过一座桥，乾隆帝为这座桥赐名八方桥，接着又出了一个上联，让纪晓岚对。这上联是："八方桥，桥八方，八方桥上观八方，八方，八方，八八方。"

乾隆帝以"桥"为题，目及所至，以近渐远，"八方"叠用，既有气势，又有妙趣。纪晓岚稍加思考，遂以"万岁"对"八方"，吟出下联：

"万岁爷，爷万岁，万岁爷前呼万岁，万岁，万岁，万万岁！"

123.太监巧对乾隆帝

八角亭，亭八角，八角亭上观八方，八方，八方，八八方；

万岁爷，爷万岁，万岁爷前称万岁，万岁，万岁，万万岁！

这年清乾隆帝带着文武大臣、太监、使女到江南游春。有一天，他们来到一座亭子中观赏美景。乾隆帝一看亭子是八角的，遂出上联："八角亭，亭八角，八角亭上观八方，八方，八方，八八方。"

文武大臣听罢，个个凝思良久，也没人能对出下联。稍后一个太监给解了困局，他"噗通"一声跪在乾隆帝前，一口气道出了下联："万岁爷，爷万岁，万岁爷前称万岁，万岁，万岁，万万岁！"

乾隆帝龙颜大悦，并当场许诺，给这个太监提升三级。

124.纪晓岚巧对回文联

客上天然居；

居然天上客。

客上天然居，居然天上客；

人过大佛寺，寺佛大过人。

清乾隆帝喜欢赋诗作对。这天他为天然居饭店写了一副对联："客上天然居；居然天上客。"

这是一副回文联，能正着念，也能反着念，而且正反都能讲得通。第二天上朝，乾隆帝又把这副对联当作上联讲给大臣们听，并让他们按照这个格式对出下联。诸位大臣面面相觑，竟无人应对。此时，在一旁的纪晓岚站起身来说："我来试试。"接着便对出下联："人过大佛寺，寺佛大过人。"

大佛寺是京城郊外的一座寺庙,纪晓岚曾在这里烧香拜佛,因此印象深刻。

125.回文趣对

客上天然居,居然天上客;
人过大佛殿,殿佛大过人。

客上天然居,居然天上客;
僧游云隐寺,寺隐云游僧。

有一天,清乾隆帝率纪晓岚等诸位大臣巡游,途经天然居酒楼,乾隆帝即兴出了一个上联:"客上天然居,居然天上客。"

接着,乾隆帝让纪晓岚对下联。纪晓岚分析说:"皇上出句运用回文修辞,能正着念,也能倒着念,因此对起来颇具难度。"半晌过去了,纪晓岚也没能对出下联。不知不觉,他们来到了云隐寺。纪晓岚见大佛殿佛比人高,又见寺内僧人悠闲散步,遂暗中窃喜,心想对句有了,便对皇帝说:"启万岁,臣对出下联两则,请圣裁。"纪晓岚先说出其中一个下联:"人过大佛殿,殿佛大过人。"

稍后,又说出另一个下联:"僧游云隐寺,寺隐云游僧。"

乾隆帝听罢,当即给予好评:"前一联朴实写真,后一联文雅自然。均佳!"

126.巧对"天然居"

客上天然居,居然天上客;
人过大佛寺,寺佛大过人。

客上天然居，居然天上客；

僧游云隐寺，寺隐云游僧。

清朝京城有一家饭店，名为天然居。乾隆帝对这个店名很感兴趣，遂以"天然居"为题拟了一个上联："客上天然居，居然天上客。"

这天纪晓岚上朝，他要纪晓岚先对下联，再谈政务。纪晓岚想了一下，拟出了一个下联："人过大佛寺，寺佛大过人。"

乾隆帝听罢，认为对得很勉强，不算佳配，但一时又没有更好的对句，只好把它暂时放下。

后来有一位江南才子进京应试，听到这个消息，遂以"云隐寺"为题应对，并呈报皇帝。这对句是："僧游云隐寺，寺隐云游僧。"

这个对句比纪晓岚对得工整、洒脱，得到乾隆帝赞赏。

127.剃头店趣联

做天下头等大事；

用世间顶上功夫。

从前有一家剃头店要开张，想在门口贴副对联，恰逢清朝大学士纪晓岚路过这里，掌柜把他请进店内，恳求写副对联。纪晓岚略一沉吟，便写下这样一副对联："做天下头等大事；用世间顶上功夫。"

这副对联嵌"头""顶"二字，构思奇巧，豪气冲天。接着，纪晓岚又写了横批："进士弟。"

掌柜对"进士弟"迷惑不解，但又不敢开口问，只是暗中嘀咕："谁要是说我冒充进士的弟弟，可吃罪不起。"

后来有人解惑道："这副对联原为'进士第'励志联，纪晓岚把横批中的'第'写成'弟'，其实没有别的意思，'弟'通'第'字。"

掌柜的听罢，这才恍然大悟，说："原来是这样啊！"

128.秀才改联

做天下超等事业；
用世间最上功夫。

做天下头等事业；
用世间顶上功夫。

这年春天，京城的一个秀才去剃头，见一家新开的剃头铺外站着不少人，他便走了过去，驻足观看，原来人们在品评一副对联。这副对联是："做天下超等事业；用世间最上功夫。"横批："进士弟。"

这副对联构思奇巧，一时围观者云集，可横批"进士弟"令人费解，难懂其中奥秘。秀才见状，当即提议，把横批改成"进去剃"；把上联中的"超"字改成"头"字，把下联中的"最"字改成"顶"字。

众人听罢，无不拍手称妙。

129.李调元巧释碑联

半边山，半段路，半溪流水半溪涸；
一块碑，一行字，一句成联一句虚。

这年清乾隆进士李调元就任广东学政，有一天，当地文人墨客邀请他一起郊游。他们来到一个去处，见路旁立着一通石碑，上面刻着一行字："半边山，半段路，半溪流水半溪涸。"

其中一个老举人说："相传北宋蜀派魁首苏东坡与佛印同游此地，佛印给苏东坡出了这个上联，苏东坡对不上来，只好刻碑于此，以示自抑，兼求下联。"这人停了停又接着说："学政才高思敏，定能代贵同乡一洗此羞。"

此时，李调元才明白过来，老举人是要存心挫辱他啊！遂反问道："这下联，苏学士早已对好了，何须再对？"众人迷惑不解。李调元指着碑说："一块碑，一行字，一句成联一句虚。"

众人听罢，觉得无可非议，只好连声赞叹。

130. 李调元说下联

半边山，半段路，半溪流水半溪涸；
一块碑，一行字，一句成联一句虚。

从前在翻越梅岭的山路上立着一通碑，上面刻着半副对联，多少年过去了，仍然没有人对出下联。这半副对联是："半边山，半段路，半溪流水半溪涸。"

这年北宋大学士苏东坡被朝廷贬谪岭南，途经梅关住宿，守关人请他为这半副对联续写下联。苏东坡看到碑后，仅仅说了一句话，便扭头而去，自此"大学士也没能对出下联"的故事，便在当地流传下来。苏东坡的这句话是："一块碑，只一行字，只一句上联？"

后来，清乾隆进士李调元到广东担任学政，有人讲起这件事，李调元解释说："实际上苏东坡已经对出来了！"又说这下联是："一块碑，一行字，一句成联一句虚。"

131. 刘定逌应对

西鹤东飞，满地凤凰难下足；
南麟北走，群山虎豹尽低头。

清乾隆进士刘定逌是广西武缘县人。这年他到山东曲阜拜谒孔子庙，当地一些文人墨客知道他能诗善对，遂邀请他切磋艺文，其中一个人想试试他的才学，见面便出了一个上联："西鹤东飞，满地凤凰难下足。"

刘定逌知道对方在难为自己，略一沉吟，便对出下联："南麟北走，群山虎豹尽低头。"

众人听罢，惊叹不已，只好以礼相待。

132. 宋湘应对

东鸟西飞，满地凤凰难下足；

南麟北跃，遍山虎子尽低头。

清嘉庆进士宋湘是广东梅县人。这年他去西安游览名胜古迹，当地名士不期而会者有十余人，大家谈文论诗，甚是痛快，其中一个人自以为是，认为宋湘水平也不过如此，遂出句："东鸟西飞，满地凤凰难下足。"

宋湘听罢，知道出句者不善，但他还是从容应对："南麟北跃，遍山虎子尽低头。"

众人顿时大吃一惊，那个率先出句的人，更是羞愧难当，无地自容。

133. 刘凤诰妙笔成趣联

十一月十一日；

八千春八千秋。

清朝梁恭辰《楹联四话·佳话》记载，乾隆进士刘凤诰才思纵横，涉笔成趣。这天有人以佳纸乞寿联，值其据案作书，遂问："生在何时？"答以"十一月十一日"。

刘凤诰即写此六字于纸上："十一月十一日。"

其人怒甚，不敢言。刘凤诰复问："若干岁？"其人答："八十整寿。"遂复书："八千春八千秋。"

其人大喜，称谢而去。

这副对联看似简易，实为老宿神来之笔。《庄子·逍遥游》中有句：

"上古有大椿者，以八千岁为春，八千岁为秋。"这个喻义长寿的句子，常被后世祝寿者引用。

134.刘凤诰为老翁写寿联

十一月十一日；

八十春八十秋。

刘凤诰才思敏捷，平时乐意助人。这天有一个老翁慕名而来，想求刘凤诰为自己写副寿联。当时，刘凤诰正在伏案写字，就问老翁："何时出生？"老翁笑答："十一月十一日。"刘凤诰即在纸上写了上联："十一月十一日。"

老翁看罢，暗暗叫苦。刘凤诰又问老翁今年多大岁数了。老翁说："正好八十岁。"刘凤诰略一沉吟，接着便写出下联："八十春八十秋。"

此时，老翁才眉开眼笑，他捋着胡须，连声称谢："刘大人果然名不虚传！这副寿联浅显易懂，不媚不俗，上句写生辰，下句写岁数。我今年八十岁，正好过了八十个春天，八十个秋天。"

135.陶澍巧对秀才句

小子牵牛出屋；

状元打马游街。

清嘉庆进士陶澍自幼才思敏捷。这天他牵牛出门，恰好遇见本村一个落第秀才，秀才随口说了一句："小子牵牛出屋。"

陶澍仰起头来，当即回敬道："状元打马游街。"

秀才称陶澍是个"小子"，本有戏谑之意；陶澍则以"状元"明志，气势更胜一筹。

136.周锡恩巧对先生句

小子牵牛入圈；

状元打马还乡。

弯桃树开红花，何时结果？

横竹根抱直笋，他日成林。

清光绪进士周锡恩，小时候曾给人家放牛。这天周锡恩放牛回来，遇到一个私塾先生。这个先生早就听说周锡恩聪明过人，遂主动搭讪，即兴出了一个上联，想考考他的才学。这上联是："小子牵牛入圈。"

周锡恩略一沉吟，便对出下联："状元打马还乡。"

先生捋须微笑，接着又出了一个上联："弯桃树开红花，何时结果？"

周锡恩望了一眼旁边的桃树，又看了看远方的竹林，当即对出下联："横竹根抱直笋，他日成林。"

先生听罢，连称："妙对，妙对！"

137.陶澍写对联

榨响如雷，惊动满天星斗；

油光似月，照亮万里乾坤。

红芋包谷菀根火，这种福老夫得享；

齐家治国平天下，那些事小子所为。

陶澍十一岁时，他的家乡兴建了一个油榨坊，这天掌柜请来几个秀才题写庆典对联。秀才们吟哦了半天，也没有想出一副好对联。陶澍在一旁实在看不下去了，便问掌柜："我可代笔吗？"掌柜半信半疑，说让他试试。陶澍遂提笔写了一副行业对联："榨响如雷，惊动满天星斗；油光似月，照亮万里乾坤。"

众人看罢，齐声叫好。其中有人向陶澍的父亲恭贺说："您有这样不同凡响的儿子，将来一定能够享清福啊！"陶澍的父亲连连摇头说："我何福之有，只要天天有红芋包谷吃，夜夜有蔸根火烤，老夫知足矣！"陶澍默记在心。这年除夕，陶澍又写了一副对联，并贴在自家门上。这对联是："红芋包谷蔸根火，这种福老夫得享；齐家治国平天下，那些事小子所为。"

清嘉庆时，陶澍中了进士，曾任两江总督，为百姓做了不少好事。

138. 少年奇才周锡恩

榨响如雷，惊动满天星斗；

油光似月，照亮万里乾坤。

周锡恩从小才智过人，尤擅长对联。这年周锡恩尚在私塾读书，他家附近建了一个榨油坊。为衬托气氛，图个吉祥，榨油坊掌柜请老先生写对联，老先生却推荐周锡恩写，周锡恩欣然答应，遂提笔写道："榨响如雷，惊动满天星斗；油光似月，照亮万里乾坤。"

这副对联气势不凡，对仗工整，字又写得好。掌柜看罢，连声赞叹，说："周锡恩真乃少年奇才啊！"

清朝光绪时，周锡恩中了进士，曾任翰林院编修。

139. 史致俨应对

闲看门中月；

思耕心上田。

清嘉庆进士史致俨，相传他九岁那年参加乡试，主考官见他年龄小，便提前出句试其才学。这出句是："闲看门中月。"

主考官出句中的"闲"字，用的是异体字，由"门""月"组成。史致俨听罢，略一沉吟，便对出下联："思耕心上田。"

下联吻切上联，将"思"字析为"心""田"，谓之"心上田"。

140.魏源巧对塾师句

闲看门中月；
思耕心上田。

清道光进士魏源自幼聪明好学。这年他准备参加童试，眼看考期临近，塾师还是放心不下，遂用"闲"的异体字作为句首，以析字修辞出了一个上联，让魏源试对。这上联是："闲看门中月。"

魏源听罢，看了一眼墙壁上的《春耕图》，顿受启发，遂对出下联："思耕心上田。"

塾师见他对答如流，心中才有了底数。

141.魏源妙对举人句

屑小欺大乃谓尖；
愚犬称王即是狂。

魏源从小就性格直爽，疾恶如仇。他的家乡有一个举人，平时狂妄自大，常好偷抄别人的诗词占为己有。魏源实在看不下去，便在众人面前说了几句。举人记恨在心，认为魏源年纪尚小，竟敢对自己说三道四。这天举人路遇魏源，想羞辱对方，遂出句："屑小欺大乃谓尖。"

魏源听罢，当即反唇相讥："愚犬称王即是狂。"

这是一副析字联。"小""大"合为"尖"字，反"犬"旁与"王"合为"狂"字。魏源用"愚""狂"嘲笑这个举人，真是说到点子上了。举人听到对句，面红耳赤，自讨没趣地走开了。

142.魏源应对

油蘸蜡烛，烛内一心，心中有火；
纸糊灯笼，笼边多眼，眼里无珠。

屑小欺大乃谓尖；
愚犬称王即是狂。

魏源的家乡有一个举人，不学无术，还喜欢吹嘘卖弄。有一天晚上，当地文人雅集，这个举人出尽了风头。魏源心直口快，当众说了举人几句，举人竟恼羞成怒："魏源，你也不看看自己有什么能耐。我出一上联，你若是对得上，算你还有点儿本事；若是对不上，就给我老老实实地闭嘴！"接着，举人指着旁边的蜡烛说出上联："油蘸蜡烛，烛内一心，心中有火。"

这个上联出的倒是颇具难度。第一句句尾与第二句句首同用"烛"字，第二句句尾又与第三句句首同用"心"字，句尾句首字字衔接，属于顶针句。魏源听罢，抬头看见屋檐下挂着一盏没有点亮的灯笼，略一沉吟，便对出下联："纸糊灯笼，笼边多眼，眼里无珠。"

举人本以为魏源年幼，想用上联刁难他，结果刁难不成，还被他说成是"眼里无珠"。举人更加生气，张口又出了一个上联："屑小欺大乃谓尖。"

魏源也不甘示弱，当即回敬道："愚犬称王即是狂。"

举人没有占到半点便宜，狼狈不堪，只好在众人的哄笑声中，灰溜溜地走了。

143.刘崐巧对李元度

骑青牛，过函关，著道德五千言，老子姓李；
斩白蛇，入咸阳，兴汉家四百载，高祖是刘。

四水江第一，四季夏第二，先生居江夏，是第一，是第二？
三教儒在前，三才人在后，小弟本儒人，不在前，不在后。

这年清道光进士刘崐出任湖南学政，途经平江时与李元度不期而遇。刘崐直询往长沙怎么走。李元度嫌刘崐"不懂礼数"。刘崐自知失礼，忙抱拳问："先生尊姓？"李元度为道光举人，心高气傲，当即出句："骑青牛，过函关，著道德五千言，老子姓李。"

李元度说罢，又问刘崐"尊姓"？刘崐笑着回答说："斩白蛇，入咸阳，兴汉家四百载，高祖是刘。"

这对句让李元度暗吃一惊，忙问："足下何处人氏？"刘崐则以"江夏"告之。李元度又出句："四水江第一，四季夏第二，先生居江夏，是第一，是第二？"

刘崐稍作思考，便对出下联："三教儒在前，三才人在后，小弟本儒人，不在前，不在后。"

这个下联让李元度彻底折服，遂邀请刘崐喝杯茶去。刘崐说急着赶路，问了李元度的姓名，便匆匆远行了。

144.一副嵌姓联

骑青牛，过函关，老子姓李；
斩白蛇，进咸阳，高祖是刘。

从前有一个秀才，名叫刘靖宋。他的一个同乡，外号叫李歪才，擅长对对子，平时飞扬跋扈，总好以对对子为由羞辱别人。这天李歪才在路上遇见刘靖宋，非要提出对对子。李歪才率先出句："骑青牛，过函关，老子姓李。"

刘靖宋听罢，略一沉吟，便对出下联："斩白蛇，进咸阳，高祖是刘。"

从此，李歪才再也不敢与刘靖宋比高低了。

这副对联用谐音双关修辞。"老子姓李"指古代老子，实际上是指李歪才自己。古代老子姓李名耳，相传曾"骑青牛，过函关"。李歪才自称"老子"，其用意是在蔑视对方。

"高祖是刘"指汉高祖刘邦，实际上是指刘靖宋自己。相传刘邦为推翻秦政，曾斩白蛇起义。刘靖宋自称"高祖"，堪称针锋相对，以牙还牙。

145.问姓趣对

骑青牛，出函关，老君十八子；

斩白蛇，进咸阳，高祖卯金刀。

从前有两个陌生人偶然相遇，一个姓李，一个姓刘。他俩见面后，姓刘的先开口问对方"贵姓"。姓李的说"'贵'字转赠圣贤"，接着吟出上联："骑青牛，出函关，老君十八子。"

说罢，姓李的又问对方"尊姓"。姓刘的说"'尊'字留给先祖"，接着吟出下联："斩白蛇，进咸阳，高祖卯金刀。"

至此，双方都拱手称道，"感谢李先生"！"幸会刘先生"！

这副对联引用历史典故，又以析字修辞，堪称妙对趣联。"老君"指的是老子。老子姓李名耳，相传曾"骑青牛，出函关"，其姓"李"字可拆分为"十八子"。"斩白蛇，进咸阳"指的是汉高祖刘邦，"刘"的繁体字可拆分为"卯金刀"。

146.老秀才改春联

父进士，子进士，父子皆进士；
婆夫人，媳夫人，婆媳尽夫人。

父进土，子进土，父子皆进土；
婆失夫，媳失夫，婆媳尽失夫。

相传清朝有一个官宦人家，父子两代进士及第，但却为官不廉，欺压百姓。这年除夕，他家为了炫耀自己门第高贵，在大门上贴了一副春联："父进士，子进士，父子皆进士；婆夫人，媳夫人，婆媳尽夫人。"

过往行人看了，莫不嗤之以鼻。当天深夜，有个老秀才来到门前，把上联三个"士"字改成"土"字，把下联三个"夫"字改成"失"字，最后又在每个"人"字上加了两横。第二天正是大年初一，人们看了听了，无不拍手称快。这家父子听见动静，出门一看，顿时气得脸色铁青，赶忙将春联撕了下来。

147.秀才咒财主

父进士，子进士，父子同进士；
婆夫人，媳夫人，婆媳皆夫人。

父进土，子进土，父子同进土；
婆失夫，媳失夫，婆媳皆失夫。

从前有个财主，他和儿子都是进士出身。这年春节，为了炫耀门庭，他写了一副对联贴在大门上："父进士，子进士，父子同进士；婆夫人，媳夫人，婆媳皆夫人。横批："双进士宅第。"

这家父子为富不仁，对联刚一贴出去，人们便议论纷纷。当天夜里，一个秀才悄悄给他改了对联："父进土，子进土，父子同进土；婆失夫，媳失夫，婆媳皆失夫。"横批："双进土宅第。"

第二天清早，这个财主看到被人改过的对联后，又羞又怒，骂了几声，顺手就把对联撕了下来。

148.落第秀才改对联

父进士，子进士，父子进士；

婆夫人，媳夫人，婆媳夫人。

父进土，子进土，父子进土；

婆失夫，媳失夫，婆媳失夫。

从前有一个财主，他和儿子先后中举。这年春天，父子二人进京赶考，通过熟人买了个同科进士，心中十分得意。为了表达喜悦，从京城返乡后，便在大门上贴了一副对联："父进士，子进士，父子进士；婆夫人，媳夫人，婆媳夫人。"横批："唯此一家。"

几天后，一个落第秀才经过这里，驻足赏联，竟生嫉妒之意。当天趁着夜深人静，便在上面改了几笔，遂变成："父进土，子进土，父子进土；婆失夫，媳失夫，婆媳失夫。"横批："唯此亡家。"

149.算命先生巧用联

金马玉堂三学士；

清风明月两闲人。

从前有三个举人相约赴京赶考，行前找算命先生算卦。算命先生掐指一算，当即口出吉言："金马玉堂三学士。"

三人顿时喜形于色，满以为都会金榜题名，谁知到了发榜时，仅仅中了一个。另外两人回到家乡，气呼呼地找到算命先生，质问他"为什么骗我们"？算命先生反问道："骗你们什么了？"其中一个举人说："你说我们三人都会考中，怎么才中了一个？"算命先生辩解称："我算的也是那样。当时我说的是一副对联，我还没有来得及说下联，你们就走了，这能怪我吗？"另一个举人问下联是什么，算命先生低声沉吟道："清风明月两闲人。"

这两个举人听罢，顿时变得面红耳赤，再也无话可说了。

150.举人偶见上下联

金马玉堂三学士；
清风明月两闲人。

从前有三个举人一同参加会试，途中投宿一个大户人家。当天晚上，他们在院子里聊天，看到楼上的一扇窗门被风吹开，露出半副对联："金马玉堂三学士。"

其中一个举人急忙起身，将这半副对联吟诵了一遍。另外两个举人听到"三学士"后异常兴奋，以为同登金榜，指日可待。

他们很快就赶到京城，参加了考试，待发榜时一看，只有一人中了进士，另外两个人名落孙山。

第二天，这两个落榜举人相约返程，途经那个大户人家，又见另外半副对联："清风明月两闲人。"

看罢，二人相视不语，接着长叹一声，当即离开了这里。

【附录】

学对歌诀[1]

平对仄，仄对平。平仄两分明。有无与虚实，死活并重轻。上去入声皆仄韵，东西南字是平声。实对虚[2]，虚对实。轻重莫偏枯[3]。留心勤事业，满腹富诗书。古人已用三冬足，年少今开万卷余。寻义理，辨声音。呼吸务调匀。宫商角徵羽[4]，牙齿舌喉唇。难呼语气皆为浊，易纽言词尽属清。须熟习，莫闲嬉。讲解更思微。磨穿桑氏砚[5]，坚下董生帷[6]。一旦首登龙虎榜，十年身到凤凰池。

天文　天对地，地对天。日月对山川。祥云对瑞雪，暮雨对朝烟。北斗七星三四点，南山万户十千年。

地理　溪对谷，水对山。峻岭对狂澜。柳堤对花苑，涧壑对峰峦。舟横清浅水村晚，路入翠微山寺寒。

时令　朝对暮，夏对春。五戊对三庚。重阳对七夕，冬至对秋分。三百枯棋消永昼，十千美酒赏芳辰。

宫室　楼对阁，院对宫。栋宇对垣墉[7]。墙头对屋角，寺外对庭中。几万黄蜂寻苑囿，一双紫燕入帘栊[8]。

国号　今对古，汉对唐。五帝对三皇。三国分吴魏，六朝有宋梁。虞夏商周为四代，禹汤文武是三王[9]。

169

伦道 夫对妇，主对宾。父子对君臣。弟兄分内外，朋友别亲疏。永立三纲扶世道，常惇五典叙人伦。

姓名 韩对赵，吕对申。张耳对李膺。贾山对潘岳，魏绛对陈平。萧曹汉代称良相，李郭唐朝是伟人。

身体 心对口，面对身。皓齿对绛唇。咽喉对肺腑，肝胆对腹心。赤面丹心诚烈士，朱颜绿鬓是佳人。

衣帛 襦对袜，帛对巾。束带对垂绅。罗帏对绣被，纱帐对锦茵。礼乐衣冠成上国，文章黼黻美吾身[10]。

文史 经对史，赋对诗。传记对歌辞。典谟对风雅[11]，赞词对箴规。萤窗励志穷经日，凤陛成名射策时[12]。

珍宝 犀对象，玉对金。宝瑟对银筝。珠珰对象简[13]，玉笛对瑶琴。玻璃可作床书枕，玳瑁常为食客簪[14]。

器皿 书对画，碗对觥。砚匣对棋枰。藤床对竹几，晓角对寒砧。光射斗牛知剑气，志存山水辨琴声。

食馔 茶对酒，饭对羹。美酝对香粳。炮羊对脍鲤，煮笋对餐英。雪夜烹茶真韵事，春初剪韭见交情[15]。

果品 柑对桔，榧对菱。圆眼对榄仁。荔枝对松子，都李对林檎。交梨火枣仙家品，银杏朱樱御苑珍。

蔬菜 薗对菽，藻对蘋[16]。捋笋对采芹。春来堪剪韭[17]，秋至便思莼。羊肚鸡踭蔬味美，猴头凤尾菜名新。

鑫食 酥对脆，粿对糇。米果对麻球。饻锣逾粽子，馎饦胜馒头。凡糕必用糖调粉，诸饼多将面插油。

茶酒 斟对酌，盏对瓶。酒谱对茶经。龙膏逾凤髓，紫笋过绿醽[18]。绍浙宜城醪尽美，武夷阳羡品俱馨。

草木 松对柏，柳对花。紫萼对红葩。葡萄对橄榄，石竹对山茶。翠麦摇风千顷浪，红桃映日万川霞。

药石 丸对散，灸对针。百合对山稜。乌头对狗脊，枳壳对桃仁。甘草茯苓为佐使[19]，黄耆白术是君臣[20]。

鸟兽 麟对凤，鹭对莺。马走对牛鸣。猿玄对豹赤，象白对鸾青。蝴蝶梦中家万里，子规枝上月三更[21]。

水介 虾对蟹，鲫对鳊。双鲤对三鳝。鼋羹卿指动，鲈脍客心悬。鳆鳖鲳鲨皆海味，鲥鲂鲫鳜尽膳鲜。

虫名 虫对豸，蚓对蝇。蛤蚧对螟蛉。螳螂对蟋蟀，蚱蜢对蜻蜓。谁信蠹鱼成脉望[22]，始知宵烛即流萤[23]。

采色 黄对白，黑对红。碧草对青松。丹墀对紫阁，绀发对青瞳。鹅黄鸭绿分深浅，月白天蓝别淡浓。

数目 三对五，万对千。两眼对双拳。孤灯对只履，百世对千年。春过园林花一梦，日长苑囿柳三眠。

声色 声对色，艳对香。月影对星光。山形对地势，挹秀对腾芳。去国心如帆影没，思乡梦与角声长。

情怀 忧对喜，性对心。意气对精神。钟情对减兴，息怒对生嗔。旅客愁怀堆万斛，佳人笑靥值千金[24]。

方隅 南对北，上对中。后阁对前宫。南山对北海，北斗对东风。星光灿灿皆朝北，水势滔滔尽向东。

分别 中对外，后对前。日下对云边。山头对谷口，室内对堂偏。户外松须凝晓露，门前柳眼锁朝烟。

如似 疑对信，似对如。似玉对如珠。黄云常似盖，新月竟如梭。风摇蕉叶如旌曳，日照藕花似锦铺。

重叠 重对叠，叠对重。炎炎对融融。依依对灼灼，喔喔对雍雍。梨花院落溶溶月，柳絮池塘淡淡风。

助语 然对乃，且对夫。是也对非与。散其对彰厥，乐只对刑于[25]。圣人所谓焉耳矣，君子如斯而已乎。

将乍[26] 久对暂，乍对将。欲绽对初芳。偏宜对雅称，甚愧对何妨。横斜北斗夜将半，萧瑟西风天正凉。

［注释］

[1] 学对歌诀：原载《声律启蒙》（1919年上海锦章图书局）。

[2] 实对虚：指虚实结合，譬如实景对虚景，并非实词对虚词。车万育《声律启蒙·六鱼》："无对有，实对虚，作赋对观书。"

[3] 偏枯：中医病名，指半身不遂，借指偏于一方，失去平衡。

[4] 宫商角徵羽：中国古乐五声音阶名，可借指古汉语声调，即阳平、阴平、上声、去声、入声。

[5] 桑氏砚：五代十国时后晋大臣桑维翰使用的砚台。桑维翰入仕前为考取功名，以铁砚明志，刻苦攻读，持久不懈。

[6] 董生帷：借指书斋。《汉书·董仲舒传》载："少治《春秋》，孝景时为博士。下帷讲诵，弟子传以久次相授业，或莫见其面。盖三年不窥园，其精如此。"

[7] 垣墉：墙。矮墙称"垣"，高墙称"墉"。

[8] 帘栊：门窗的帘子。帘，帘子；栊，窗户。欧阳修《采桑子》词："垂下帘栊，双燕归来细雨中。"

[9] 禹汤文武是三王：夏禹王、商汤王、周文王和周武王，在历史上称为"三王"。三王指夏、商、周三代开国者，并不是三个帝王。《三字经》载："夏有禹，商有汤，周文武，称三帝。"

[10] 黼黻：指礼服，亦比喻华丽的辞藻。

[11] 典谟：指《尚书》中的《尧典》《舜典》《大禹谟》《皋陶谟》，亦泛指古代的经典。风雅：指《诗经》中的《国风》《大雅》《小雅》。

[12] 射策：汉代考试取士的一种方式。由主考者出题写在简策上，分为甲乙科，应试者随意取试题回答，然后由主考者确定优劣。后泛指应试。

[13] 珠珰：泛指缀珠的饰物。汉代宦官冠饰称"珰"。象简：一种朝笏。古代大臣朝见时手中所执的狭长板子，用象牙制作的板子，也作"象板""象版""象笏"。

[14] 玳瑁：一种形似龟的动物，其甲壳可作为装饰品，亦可入药。簪：

一种发饰。

[15] 春初剪韭见交情：初春割下头茬韭菜招待客人。杜甫《赠卫八处士》："夜雨剪春韭，新炊间黄粱。"

[16] 蘋：蕨类植物，又叫田字草，茎横卧在浅水的泥中，四片小叶，像"田"字。

[17] 堪：可以，能够。

[18] 绿醽：酒名。亦作"醁醽""绿酃"。李善注引《湘州记》载："湘州临水县有酃湖，取水为酒，名曰酃酒。"

[19] 佐使：中药配方术语，指药方中起辅助作用的药材。

[20] 君臣：中药配方术语，指药方中起主要作用和次要作用的药材。

[21] 子规：鸟名，又叫杜鹃、布谷、杜宇。

[22] 蠹鱼：一种蛀蚀衣物、书籍的小虫。

[23] 宵烛：萤的别名。

[24] 靥：面颊上的酒窝儿，也泛指脸颊。

[25] 乐只：使人快乐。"只"作语助词，用于句中。《诗经·小雅·南山有台》："乐只君子，邦家之基。"刑于：用礼法对待。"于"作语助词，用于句中。《诗经·大雅·思齐》："刑于寡妻，至于兄弟，以御于家邦。"

[26] 将：长久。乍：初，刚。

后　记

　　这是一本旧书稿。2006年1月开始编撰，2007年8月终稿，后因忙于其他事情，便将这本书稿束之高阁，这一放就是15年。2022年3月，我见一家报纸的副刊刊登了一篇对联故事，这才记起来，心想类似的素材，我可存量不少啊！于是找出旧稿，从中选改几篇并发给了报社，不久就给刊登了。其后，我决定将旧稿全面修改一次。从5月开始，经过反复增删，至12月定稿，一晃又用了7个月的时间。

　　本书用于上下联之间的标点，除了少数语气较为明显的句子用问号、感叹号外，统一使用分号。实际上，在这个标点运用的问题上，翻检一些正规出版物，你会发现五花八门，并没有一个统一的标准。通常的做法是：如果在上联及下联中没有设分句，那么上下联之间就用逗号；如果在上联及下联中设有分句，那么上下联之间就用分号。

　　2011年12月，由中国国家质检总局、中国国家标准化管理委员会发布的《标点符号用法》称，分号是"句内点号的一种，表示复句内部并列关系分句之间的停顿，以及非并列关系的多重复句中第一层分句之间的停顿"。对联被形象地称为"两行文学"，在上下联之间统一采用分号，我认为至少从形式上更能彰显内部并列关系。事实上，在一些对联专业书刊中也有这么运用的。譬如《西湖楹联集萃》（2015年杭州出版社）中的对联，无论是少字联，还是多字联，在上下联之间均统一使用分号。

　　本书卷二所辑"同联异话"之"同联"，并不限于字字相同的对联，因为那样的同联异话毕竟是很少的。一些对联在流传过程中，其中的字总是有所增删改动的。鉴于此，我在选辑时采取了比较宽泛的标准，把一些"类同"的对联所对应的故事也列入同联异话。

关于《学对歌诀》的版本，我也做了一番溯源工作。

1914年上海陶明记书局发行《声律启蒙》，1919年上海锦章图书局印行《声律启蒙》，这两个版本均收录《对格须知》、《辨声要诀》、《学对歌诀》、《声律启蒙撮要》二卷及《新增对类》。

另外，署"光绪壬申岁维新局校刊"《声律启蒙》，由卷首"习对"及《声律启蒙撮要》二卷组成。光绪时没有壬申年。因此，这一版本年份存疑。1915年鸿文书局石印《声律启蒙》，由《声律启蒙撮要》卷一、卷二、卷三组成。其中卷一、卷二均署名贵阳蒋太史鉴定、邵陵车万育甫著、湘潭夏大观次临删补、湘潭王之干忠遂笺释，卷三没有署名。我将卷三与"习对"进行对比，见其内容体例基本一样；再将卷三与《学对歌诀》对比，认为两者存在渊源关系。

我所编著的这本对联故事集，从各个方面都力求做得更规范一些，倘若还有错讹之处，也只好由识者批评指正了。

张玉舰

2023年2月1日